講談社文庫

新本格魔法少女りすか3

西尾維新

講談社

新本格魔法少女りすか3

自分自身の経験からいって、人が俗世の意識をなくしているとき、わたしたちの知っている人生とははるかに性格の異なった、目覚めてからはごくかすかな朦朧とした記憶しか残っていない、まさしくもう一つの、精神的な人生をさまよっているのだということには、疑問をさしはさむこともできない。

H・P・ラヴクラフト『眠りの壁の彼方』

第七話　鍵となる存在!!

たまには趣向を変えて、こんな話をしてみよう。アメリカ合衆国アリゾナ州に、一人の男が住んでいた。男は善良で誰からも好かれる若者だった。あるいはとんでもないろくでなしで皆から一様に嫌われる老人だった。それともあるいは先月引っ越してきたばかりの風来坊で、いつどこへ消えてしまっても一人も気付かないような根無し草だったかもしれない。その辺りのディテールは別にどうでもいい。どうだったところで、この話には微々たる影響すらも及ぼすことはない。とにかく、この男――仮にジェイソンとでもしておこう、ジェイソンは、ある日、自宅のリビングで、変わり果てた、無残な死体として発見されることになる。発見者？　それもまたどうでもいい。家族だったかもしれないし友達だったかもしれないし、セールスマンだったかもしれない。すぐに警察がやってきて、捜査が開始された。背中からナイフが刺さっていた。あるいは銃殺だったかもしれない。とにかく、他殺であることだけは確かだった。そして、容疑者はあっという間に特定された。ジェイソンを殺すとしたらその人物しかいないと言っていいほどに、その容疑の度合い色合いは濃かった。法治国家でなければ即座に身柄が拘束されただろうというくらい。しかし——容疑者の名前を、仮にフレディとするとして、フレディには確固たるアリバイがあった。ジェイソンの死亡時刻は、発見が早かったこともあり——いや遅かったのかもしれないが、とにかく、二〇〇二年の二月二日の午前二時であることがほぼ確実だったのだが、その時間、フレディは、自宅で友人と呑《の》んでいた。恋人といちゃついていたのかもしれないが、とにかく、自宅にいた。フレディの家はジェイソンの家のすぐ近くではあるのだが、その日の午前二時、彼はジェイソンの家に、近寄ることすら、していなかったのだ。証言者が偽証している可能性は、ゼロだった。たとえ友人や恋人であろうとも、フレディをかばう理由などないからだ。さて、ここまでが問題編——勿論《もちろん》この話、ジェイソンを殺した犯人はフレディであって、彼のアリバイは、ただの偽り、フェイク以外の何物でもない。一見不可能、一見不可解に思えるこの事象を解決する鍵は——決して、魔法ではない。ジェイソンもフレディも、この場合は、ただの人間でしかない。魔法なんて使えない。だから、魔法ではない。いや、そうはいっても、やはり魔法ではあるのかもしれない。一種の魔法ではあるのだろうが——しかし、それは、それだけではなく——

★　　★

夏休みが始まって一週間が経過したその日、このぼく、供犠《くぎ》創貴《きずたか》は、自分の住処《すみか》である佐賀県河野《かわの》市を離れ、福岡県博多市の中枢部に近い位置の、とある港公園のベンチに座っていた。福岡に来たのは昨日今日の話ではない——夏休みが始まってすぐだ。一人で来たのではなく、『赤き時の魔女』、水倉《みずくら》りすかと、城門管理委員会の設立者にしてたった一人の特選部隊、繋場《つなぎば》いたちと、三人で連れ立って、来た。先日、神にして悪魔、全にして一、『ニャルラトテップ』、水倉神檎《しんご》が、己《おのれ》の目的のために、『魔法の王国』長崎県から『城門』を通じてこちら側に呼び出した『六人の魔法使い』、その最初の一人である人飼無縁《ひとかいむえん》——『眼球倶楽部』の人飼無縁を、共同作業共同戦線によって突破したことにより、とりあえずぼくは、城門管理委員会——つまるところ、繋場いたち——ツナギと同盟を結ぶことに成功した。言うまでもなくツナギの魔法はりすかにとって天敵的なそれなので、りすかを説得するのにはそれなりの労力を要したが、それでようやく、こちら側として、ついに戦力が整った——という感じだった。いや、整ってなかったところで、既に一人目——人飼無縁がぼく達の前に姿を現している以上、ぼく達——ツナギまで含めて考えて、ぼく達に、時間的な余裕というものは全くなかった。そもそもぼく達には、水倉神楡、そして『六人の魔法使い』が、一体何を目的として『城門』を越えてきたのか、全く分かっていないし、唯一キーワードとして知っている『箱舟計画』というのが何なのかさえ、わからないのである。対応するにもしようがないというのが現状だったが――しかし、城門管理委員会は、さすがというべきなのかどう表現するべきなのか、やはり当然というべきなのか――『六人の魔法使い』の動向を、ある程度まで、把握《はあく》していたのだった。人飼無縁の場合は遅きに失したという感じだったが、残りの五人も――全員とは言わないが、ある程度までは、わからなくもない――とか。ちょうど学校が夏休みに入ったこともあり、だからぼく達は――本格的に動くことにしたのだった。九州中に散っているらしい『六人の魔法使い』のそれぞれを、それぞれに対応するために――城門管理委員会の『遊撃部隊』として、佐賀県を出立《しゅったつ》したのだった。そして、とりあえずは――ここ、福岡県、博多市だった。ついこの前、地下鉄の事件で訪れたばかりの土地だ――それでなくとも、佐賀住まいのぼくにしてみれば、博多なんてのは気が向いたら遊びに来るような身近な場所だが、その身近な場所に、『六人の魔法使い』の二人目が、どうやらいるらしい――というのだった。細かい場所は、九州最大のショッピングモール、キャンドルシティ博多。天神と並んで、観光名所としても名の通った、映画館から飲食店までおよそ娯楽と言えるものが全て揃った、東京ドームと比べたくなるような巨大施設。そのキャンドルシティ博多で、『六人の魔法使い』の二人目――『回転木馬』、地球木霙《ちきゅうぎみぞれ》が、何度か目撃されている――それが、城門管理委員会諜報部がキャッチした情報だった。で――

「なあ――りすか」

「ん？　なに？　キズタカ」

「まあ、薄々分かってたことだったけどさ――」

「うん？　分かってたことって？」

「ツナギって……洒落《しゃれ》にならないくらい強いな」

キャンドルシティ博多のすぐそばの港公園――ベンチで並んで座っている、ぼく、供犠創貴と、りすか、水倉りすかの眼前で繰り広げられている、壮絶なバトルを眺めながら――ぼくは感嘆《かんたん》の念を隠そうともせずに、そう言った。

「ん……そうだね」

りすかも頷《うなず》く。眼前で繰り広げられている、壮絶なバトル――それは、数日にわたる張り込みの結果とうとう発見した魔法使い、『回転木馬』の地球木霙と、城門管理委員会設立者である繋場いたちの、殺戮劇としか表現できないような、取っ組み合いだった。事前情報では、地球木霙は単に、直接攻撃型の魔法使いであるとしかわかっていなかったのだが、今となっては彼の使う魔法ははっきりしていた――属性《パターン》は

『肉』、種類《カテゴリ》は『増殖』──己の肉体を戦いやすいように改造してしまう、というのが彼、地球木霙の、魔法だった。たとえば──というよりはたとえるまでもなく、彼の今の姿は、既にぼく達が最初に見たときの彼ではない──背中と胸から腕が二本ずつ生えて、脚《あし》も二脚から四脚へと増えている。頬《ほお》に眼球が三つ。細かいことを言えば、両手足の爪が刃物のように鋭《とが》く尖っている。ありがちなたとえだけれど、御伽噺《おとぎばなし》に登場するような悪魔をそのまま具現化したような姿だった。言うなれば戦いやすい姿──好きなような形に変形、否《いな》、変態することができるというのが彼、『回転木馬』、地球木霙の魔法──しかし。

「しかし……魔法使いっていうか、二人とも、化物とか、妖怪とかにしか見えないんだけどね……」

「人払いの結界を張ったとは言っても、もしも一般人に見られたらと思うと、はらはらするの」

「普段他人の目なんてまるで気にする様子もないりすかがそう言うんだから、よっぽどだよね……」

対するツナギの魔法も、同じく肉体の変態──しかしこちらは、その変態能力を『口』に特化している。全身に五百十二、それぞれが牙の鋭い獣《けもの》の口を作り出すというのがツナギの魔法──しかし、地球木霙とはその意味合いが全く違う。ツナギは

『戦う』ために肉体を改造するのではなく、ただただ『食べる』ために、その肉体を数多の口へと変態させるのだ——属性《パターン》は『肉』、種類《カテゴリ》は『分解』、ありとあらゆるものを分解し吸収し自分のものへと変換してしまう、究極にして絶対にして無限の魔法——地球木霙と繋場いたち。二人のバトルは、まさに壮絶としかいいようのない有様で、今のところ、全く拮抗《きっこう》している。どちらに転んでもおかしくないような状況だった。

「…………」

いや、正直に言えば、魔法使いでもなんでもない、ただの小学五年生であるこのぼくには、このバトル、既に視認することができていない。残像とか、砂煙とか、その辺から判断して、適当にものを言っているだけだ。ツバメが餌《えさ》を取り合っているのを観察している気分だった——勿論、そんな生易《なまやさ》しいものでも、風流なものでもないけれど。

「りすか——りすかはどう見る？　この勝負」

「ん……」

ちなみにこの勝負——最初はりすかも参加していたのだが、すぐについていけなくなって、ぼくが座っていたベンチの横へと、りすかは腰を降ろしたのだった。血液の中を流れる魔法式によって構成された魔法陣を発動させて、二十七歳までの『時間』を『省略』し、二十七歳の姿にまで『成長』したりすかならばともかく、十歳現在のりすかでは、単純なパラメータの問題で、あの二人には遠く及ばないようだった。

「……考えるまでもないの。ツナギさんの勝ちなの」

「ふむ」

「勝負にすらなってないの。ツナギさんの独壇場って感じなの」

断言とは意外だった――ていうか、りすか、ツナギのこと、さん付けなんだ……。天敵のはずなのに……いや、天敵だけに、か……。

「しかし――見たところ、っていうか見えないけど、どっこいどっこいの綱引き具合のように、うかがえるけど？　均衡状態っていうかさ」

「まあ、確かにそうなの。ツナギさんは全身を『口』に変態してるから、地球木霙から攻撃を受けた瞬間、その部位を、拳《こぶし》だろうがなんだろうが、『喰らう』――しかし地球木霙は、その『増殖』の魔法で、『喰われ』た部位を、次々に再生可能――けど、キズタカ、こんなの綱引きとは言えないの」

りすかは言う。

「ただ単純に、一方的に、地球木霙がツナギさんに搾取《さくしゅ》されてるだけ――喰らわれる瞬間に多少のダメージを与えられるとしても、そんなの、食べた分だけ回復しちゃうツナギさんの前じゃ問題にならないし――『増殖』は再生能力としては悪くはないけれど、しかし限度限界がないわけじゃないの。不死でもなければ不滅でもない。魔力が尽きたらそれまでなの」

「魔力ね。じゃあ、地球木霙の勝機を読むなら、彼の魔力がツナギの許容量を超えることか」

「……できると思うの？」

「まさか」

りすかの魔法式及びそれによって構成される魔法陣まで含めた全魔力、足すことの、その莫大な魔力量だけで五つの称号まで与えられた影谷蛇之《かげたにへびゆき》の『矢』、十二本——それでもパンクしない、ツナギの恐るべき『食欲』を、仮に超える魔力を地球木霙が保持していたとするなら、そもそもこんな不毛なバトルは成立していないだろう。ぼくらもこんな暢気《のんき》に、ベンチで観戦なんてしていられない。

「……つーかさ。ツナギの魔法って、りすかにとって天敵であるとか言うより、どんな存在でも例外なくあまさず食らっちまうっていうんだから、ほとんどの魔法使いにとって天敵じゃないのか？」

「ていうか、無敵なの……」

りすかはぼやくように言った。

「それこそ、『魔眼』くらいだったと思うの。ツナギさんに対抗しうる魔法というのは」

「うーん……遠距離の直接攻撃、しかもタイムラグなしって条件か……」

人飼無縁を打破してしまった今、そんな魔法使いがそうそういるとも思えないし……。それでは本当に本当の無敵である。伊達《だて》に二千年生きているわけではないということか。

「ん……決着がつきそうなの」

「え？　そう？」

言われて、見れば――ツナギが腹部の大口を開けて、地面に倒れ伏せていた地球木霙を飲み込まんとする場面だった。地球木霙の動きは完全に停止してしまっていて、既に目視が可能。どうやら魔力はあらかた尽きてしまったらしく、『増殖』した部品は全てなくなってしまっていた。いや、どころか、あるべき位置にあるべき腕すら、片方欠けている。脚はどうだろうか――と目を凝《こ》らそうとした瞬間、その直前か、蛇《へび》が鶏《にわとり》を丸呑みするように、ツナギの腹部の大口が更に大きく開いて――『回転木馬』、地球木霙を、飲み込んだ。飲み込んで――咀嚼した。

「……あーあ」

悲鳴すら、なかった。悲鳴すらなく――『六人の魔法使い』の二人目、『回転木馬』の地球木霙は、人飼無縁に続いて、この世から、完全に、影も形も残さずに、消滅した。消滅したという言い方が正しくないなら、そう、エネルギー保存の法則に基づいて、ツナギの栄養になったのだった。

「全部食っちまいやがった……どんな最低でも頭だけ残して生け捕りにしろって言ったろうがよ。なんだったんだ、ここ数日の張り込みは」

「ま、仕方ないの。あの姿になったツナギさん、実際のところ、ほとんどトランス状態らしいから」

「獣だね」

「獣なの」

「肉食獣」

「正確に言えば雑食なの」

「ガッちゃんとか、そんな感じだよね」

「そんな感じなの」

言ってりすかは立ち上がり、脇に置いてあったツナギの服を彼女の下にまで届けにいく。ツナギが魔法を発動させる前に脱いでおいた服だ。ツナギの魔法は『全身に口を作り出す』というものなので、先に服を脱いでおかないと、いちいち大変なことになるのだ。演出としては格好いいのかもしれないが、服なんてそうそう買ってられないからな……。しかし、りすかが甲斐甲斐《かいがい》しく、ツナギをねぎらいながら服を手渡しているその姿が思いのほか滑稽《こっけい》で、面白《おもしろ》かった。何と言うのか、完全に上下関係ができてしまっている。まあ、今の戦いっぷりを見ていたら、りすかでなくとも、それは仕方のないことかもしれないけれど——正直、このぼくも、見ていて結構肝《きも》が冷えた。魔法使いとか、そういうことを抜きにして——一人の野心を持つ人間として、あいうのは、戦慄《せんりつ》を覚えざるを得ない。……本当、思い出してみれば、よく勝てたもんだよな……あんなとんでもない化物に。

「お待たせー」

服を着たところで、額《ひたい》の口にも絆創膏《ばんそうこう》を張り、もうすっかりただの十歳の女の子といった風になったツナギが、りすかと腕を組んで（りすかにしてみれば無理やり腕を組まされて、だろうが）、ぼくの座っているベンチに、手を振りながら、にやにやしながら、歩いてくる。

「タカくん、退屈しちゃった？　いやー、思ったより食いでっていうか、食いごたえがあったわ、あいつ」

「ま——とりあえず、お疲れさん、って言っとくか」ぼくは肩を竦《すく》める。「駄目《だめ》で元々ってことで、訊《き》いておくけど——どうだ？　戦闘中、何か聞き出せたか？」

「全然」首を振るツナギ。「そんな暇《ひま》なかったって。食べるのにもー忙《いそが》しくって忙しくって」

「…………」

それは『手強かったから』という意味だと、深く解釈しておいていいんだろうな……。

「『六人の魔法使い』、これで早くも二人目も突破――残るは四人。『泥の底』蝿村召《はえむらしよう》香《か》、『白き暗黒の埋没』塔《とう》キリヤ、『偶数屋敷』結島《ゆいしま》愛媛《えひめ》、『ネイミング』水倉鍵《かぎ》……しかし未だ、『箱舟計画』の詳細は割れず、か――」

「いーんじゃないの?」

ツナギは笑う。

「詳細なんてわからなくっても、要するに『六人の魔法使い』、全員やっつけちゃえば、そもそもそんな計画、実行のしようがないんだし――それに、そういうあれこれは、城門管理委員会の本部でも色々調べてくれてるしね」

私達はあくまで遊撃部隊ってことでいいんじゃないかしら、とツナギ。それはまあ、雑な考え方ではあるが、その通りかもしれなかった。組織の力を利用できるのなら、それを最大限に利用するべきだ。勿論、それに頼り切るのも、ぼくの立場からすればあまりよろしくないのかもしれないが――しかし今のところは。

「これから、どうする?」

「ん……どうします? ツナギさん」

りすかに振ったら、りすかはツナギに振った。言葉遣《づか》いが敬語になっていた。さっきの戦闘前までは、まだしもタメ口だったのに……。

「んーっとね。三人目の『泥の底』、蝿村召香についてなんだけれど、ついこの間、大分県のナントカって町に滞在してたことは分かってるのよ。でも、今現在は行方知れずになっていて——本当は、ここが終わったらすぐにそちらに向かう予定だったんだけれど、地球木霙を見つけるまでに結構時間、使っちゃったしね——一旦《いったん》佐賀に戻るっていうのもアリなんだけど、どうかしら？　タカくん」

そしてツナギは、ぼくに振った。

「指揮官《しきかん》はタカくんだから、タカくんが決めていいよ。ていうか、決めてくれたら助かるわ」

「ふむ——『泥の底』か」

一人目の『眼球倶楽部』人飼無縁を倒したとき——捨て台詞《すぜりふ》として彼が、『お前は蝿村召香には絶対に勝てない』というようなことを言っていたのを覚えているが——しかし、あれはそれほど気にすることはないだろう。所詮《しょせん》負け犬の遠吠えだ。だから、もしもその所在が知れているというのなら、蝿村召香を続けて追うというのも悪くなかったけれど……幸い、ツナギは勿論、りすかにも全く消耗《しょうもう》がないここで佐賀に帰るというのは、なんだか初志貫徹ならずという気もするし。

「ま、慌《あわ》てて決めるようなことでもないだろ。とりあえず、ホテルに戻ろう。どうするにせよ、今日はもう遅いし、ゆっくりと一泊してから、動くことにしようぜ」

「ん」

「じゃ、そうしよっか」

「ぼくはその辺で晩御飯、買ってから戻ることにするからさ。りすかとツナギは、先に帰っておいてくれ」

「一人で大丈夫なの？」

「敵なら、今倒したところだし――心配ないさ」

心配そうな目線をぼくに向けたりすかに、軽く答えた。現時点では向こう側にぼくという人間の存在は割れていないはずだし、ぼくの身体から漏《も》れているらしいりすかの魔力も、ツナギから貰ったお札でそうそうわからなくなっているので、問題ない。

「『六人の魔法使い』の二人目を打破した軽い打ち上げってことで、じゃあ二人とも、何か食べたいものでもあるかい？」

「甘いものならなんでもいいの」

「私はラーメンが食べたいかしら」

まだ食うのかよ、と、ぼくは切実に思った。

★　★

ぼく達が宿泊しているのは、キャンドルシティ博多内にある二軒のホテルの内、値段の高い方だった。チェックインは二十七歳の姿に変身したりすかにしてもらった――しかし、りすかのその『成長』はたったの一分間しか持たないので、ホテルのチェックインくらいならばできても、レストランに入ることはできない。ツナギがいくら私は二千歳だと主張したところで、ぼくとりすかとツナギとの三人では、レストランはおろか、牛丼屋でさえ入店を断られるだろう。小学五年生の三人組、家出少年家出少女だと思われるのがいい落ちだ。その辺の処理は抜かりなく行っているが、しかし、まあ、そういうわけで、外で食事をすることがぼく達はできなくって、博多に来てからはコンビニ弁当やスナック菓子がぼく達の主食だった。今日もまた、打ち上げとは言っても、あくまでその仕入先は、キャンドルシティそばのコンビニエンスストアだった。変化をつけるためにいちいちローテーションを組んでいたのだが、それもそろそろ限界だったので、今日、地球木霙を倒せたことは、僥倖《ぎょうこう》というべきかもしれなかった。

「パン、温《あたた》めますか？」

「え……？」

コンビニ店員からの思わぬ申し出に、ぼくは柄にもなく、特に身の危険が迫ったわけでもないのに、呆けてしまった。北陸東北北海道地方のコンビニではおにぎりを温めてくれるサービスが一般的だというのはよく聞く話だが、博多市のコンビニはパンを温めることを、スタンダードサービスとして徹底しているのだろうか……？　いや、それとも、ぼくが普段コンビニなんて利用しないから知らないだけで、これは普通のことなのだろうか……。戸惑いながら、「お願いします」と、ぼくは頼んだ。マクドナルドのバイトも掛け持ちしているのではというような笑顔で店員はそれを受けて、パンの袋にはさみで切れ目を入れて、背後のレンジに放り込んだ。会計、三千五百十二円。ラーメンは、まあ、カップラーメンでいいだろう。ちょっと豪華な奴にした。

「しかし――それにしても、やれやれだ」

冷えない内にと思って、温めてもらったパンを、コンビニを出てすぐに頬張りながら、道を歩く。本当に、やれやれとしか言いようがないが――ほとんど何の達成感もないままに、地球木霙を倒してしまったことについて、ぼくは少なからず思うところがあった。前回の人飼無縁を相手に、あれだけ苦戦したから、というわけではないけれど――地球木霙は、『敵』として、あまりにも弱過ぎたような気がする。ツナギはツナギで、苦戦したみたいなことを言っていたけれど、そんなことを自分からあっけらかんと言える段階で、逆に余裕があるとも見える。時間はかかったが、それは時間がかかったというだけで――それだけだ。労力は払ったが、人飼無縁のときのように、犠牲《ぎせい》を払ったということは全くない。うまく行き過ぎている――出来過ぎている、というほどでも、ないが——こうまで予定通りというのは、なんだか、今までの経験からすると、気持ち悪い。気持ち悪いという言葉では、若干《じゃっかん》、弱いとさえ感じるほどに。

「不安——かな」

あるいは、客観的にとらえることも可能かもしれない。単純に、ツナギの戦闘力があちらさんの、そしてこのぼく、供犠創貴の——予想を遥《はる》かに超える値《あたい》だった、と、それだけのことなのかもしれない。いや、実際、それもあるのは確かだ。ツナギがあそこまで強いとは、ぼくは思ってもいなかった。それは確かに、『全身を口に』して、『どんな魔法でも分解する』、華々《はなばな》しいまでのあの能力に裏打ちされている戦闘力ではあるのだが、しかし、たとえそれを差し引いたところで、体術の段階で既に彼女はずば抜けている。二十七歳のりすかなら、勝負はどう転ぶか分からないが——しかし、ツナギの魔法はりすかのそれとは違って、安定感抜群だ。真正面から二十七歳、成人モードのりすかと衝突しても、まずツナギとすればただ喰らえばいいだけだし、りすかの方が策を凝らしたとしても（片瀬《かたせ》記念病院跡でのこと以来、ぼくも協力して色々考えてはみたが——）一分間逃げ切れば、それでツナギの勝ちが確定する。りすかの魔法は手に余るが——ツナギの魔法は、余すことなく、使いこなせる。そういうことだ。奥にある事情まではまだうかがい知れないが、しかし、人飼無縁——ひいては水倉神檎が、ツナギを自分たちの陣営に引き込もうとした理由が、わかろうというものだった。

「しかし――ツナギとは同盟関係にあるとは言っても、恒久的に味方であってくれるわけじゃないからな……」

城門管理委員会――最終的には敵に回るかもしれないという事情を抜いても、完全に信用していい対象では、決してない。

「場合によっちゃ、ちょっとばかしツナギの力は、削《そ》いでおいた方がいいのかもしれないな……」

いずれ、もう少し様子を見た後の話だが……。りすかがツナギに従属しつつあるというのも、ぼくから見たら、笑ってばかりもいられない事実なわけだし――などと考えている内に、キャンドルシティに到着した。ショッピングモール内を分断するような形で流れている運河が、故郷の森屋《もりや》敷《しき》市を思い出させるとりすかは言っていた――ぼくはまだ長崎県には入ったことがないので、その辺は伝聞に任せるしかないけれど――

「魔法使いは――海を渡れない、か」

先天的に九州の地に封じ込められた、長崎の土地に閉じ込められた存在――魔法使い。水倉神檎の『箱舟計画』は、そこにこそ関連するらしいのだが――しかし普通に考えて、そんなのは誇大妄想もいいところだ。魔法使いが海を渡れるとなれば――それこそ、世界中がひっくり返る。どんな高位の魔法使いであれ——否、高位であればあるほどに、海という恐るべき座標は、魔法使いにとって禁忌《きんき》の象徴なのだから。

「九州だってそう狭くないんだから、それで満足してりゃいいのに——なんて、ぼくが言っても全然説得力なんかないだろうけど」

ふと、ここ最近の出来事を——思い出す。ここ博多市の地下鉄での集団飛び込み、影谷蛇之による在賀織絵《ありがおりえ》の誘拐、りすかの従兄《いとこ》、水倉破記《はき》との出会い、そしてツナギ——城門管理委員会、『六人の魔法使い』、『眼球倶楽部』、人飼無縁——考えてみれば、ここ一ヵ月ちょっとの間に、状況は恐ろしいほどにめまぐるしく変化している——下積みというか、りすかとぼくが、ここ一年少しの間行ってきた『魔法狩り』の、それが成果であることは間違いないのだから、それに面食らうのもおかしな話だが——

「途中だ」

ぼくは呟《つぶや》いた。

「こんなのは、まだまだ全然——途中だ」

ぼくの目的とは——ほど遠い。りすかの目的もツナギの目的も、所詮ぼくにとっては通過点に過ぎない——それを自分の心に牢記《ろうき》しておかねばならない。それを忘れては本末転倒だ。

「まだまだこれから——なんだから」

自戒の念を込める意味でそう繰り返し、ぼくは運河から離れ、宿泊しているホテルへと向かう道に乗る。一旦外に抜けてしまって、正面入り口から入るのが結局のところ一番早い。エレベーターで六階へ。製氷室を抜けてその二部屋先が、ぼく達の泊まっているシングルルームだった。ベッドはダブルサイズだし、子供（の体格）三人、不自由は全くない。高い料金を支払っているだけあってやたらと豪勢な部屋作りだし——

「——って、おい」

その、ダブルサイズのベッドの上に置き手紙があった。『ゲーセンで羽根を伸ばしてきます　あなたのりすか&かわいいツナギ』と、丸々した文字で書かれていた。キャンドルシティ内には、当然のごとく、いわゆるアミューズメントセンターもあるのだが——お前らそれじゃ本当にただの小五じゃないかよと思った。折角《せっかく》色々買ってきたって言うのに、勝手な奴らだ……まあいいか。ツナギは勿論、りすかもここのところ、地球木霙を探して、気の張った生活を送っていたわけだし——実際に戦闘を行ったのは主にツナギだが、彼の発見まではりすかが大いに貢献したのだ——一息つきたくなる気持ちもわからなくもない。アミューズメントセンターに置かれているようなゲームは、ぼくにとってはいまいち面白さがよくわからない擬似的なものなので、誘われてもいかなかっただろうが、それでも誘われなかったことには一抹《いちまつ》の寂《さび》しさを覚えるなあと思いながら、ぼくはとりあえずベッドに座って、買ってきたペットボトルのお茶を、ボトルのままで口にする。喉《のど》が渇いていたのだ。

「……ん？」

半分ほど一気に飲み干して、ペットボトルのキャップを締めたところで、ぼくはテーブルの上──普通のホテルならどこにでも置かれている、メモ帳とティッシュボックスの横に、見慣れない物体があることに気が付いた。

それは、ダ、ダイスだった。

立方体の、やや大きめのダイス──1から6まで数字の振られた、いわゆるサイコロが、数えて四つ。無造作な形で、転がっていた。

「……？……なんだ？」

あんなもの──あったっけ。いや、なかった──今朝この部屋を出る段階では、あんなところにあんなものは、なかったはずだ。間違いない。ダイスだって？　どうして──じゃあ、ツナギかりすかが、あそこに置いたってことなのか？　でも、あの二人──いや、二人の内どちらでもいいのだが、どちらかが、あの位置に、四つのダイスを配置する意図っていうのは、一体なんだ？　たまたまあそこに置いたのか？　それとも——何か理由あって？　ツナギが置いたのだとすれば、城門管理委員会お得意の『魔除け』って奴なのかもしれない——しかし、ダイスで『魔除け』なんて、そんなのは聞いたこともない。たとえぼくが知らないだけだとしても、地球木霙を打破したその直後に『魔除け』を施《ほどこ》す理由が、意味不明だ。

「…………………」

警戒しながら——ぼくはそっと、ベッドに沈めたばかりの腰を浮かし、そのガラステーブルに近付いていく。ダイスの目は——3・4・5・5だった。それに意味があるとも、やはり、思えないが——しかしどう見ても、普通の、ただのダイスだった。何か仕掛けがあるようにも見えない——けれど、触っても、大丈夫なものだろうか……？　考え過ぎかもしれないが——というより、考え過ぎなのだろうが、特に、地球木霙のことがあまりにも簡単に片が付いてしまったから、逆に用心深くなり過ぎているのかもしれないが——ひょっとしたらこのダイス、『六人の魔法使い』からの、攻撃のきっかけ——なのかもしれない。

「……どうした、ものか——」

と、そのとき、まるで不意打ちのように、部屋の扉がノックされた。意識のそのほとんどを四つのダイスに集中してしまっていたため、ぼくは反射的に扉の方を振り向いてしまったが——しかし、ぼくが何かを答える前に、内開きのその扉は、こちら側へと開いてきた。

「――りすか？」

だと――思った。オートロックの扉を開けることができたから、ではない。そういう単純な意味じゃなく、扉が開いて、その向こうから、りすかとは全然違う風貌の、その少年が現れたというのに尚――ぼくは、それがりすかなんじゃあないかと思ったのだった。

「初めまして。僕が水倉鍵です」

唐突とも言える、しかし恐ろしく自然な会話運びで――その少年は名乗った。ぼくやりすか、あるいはツナギよりも、更に一つ二つ、年齢が低く窺《うかが》える風貌――女の子みたいなおかっぱで、前髪が揃っている。いや、女の子みたいというより、ひょっとしたら女の子なのかもしれない。顔を見ただけではその判断はできない。声もどちらともとれる感じだ。しかし――

「み――水倉、鍵……？」

それは――『六人の魔法使い』の――最後の一人の名前じゃ、ないか……！

「考えていることは、あらかた予測がつきますけれど――供犠さん。僕としては、あんな『駒《こま》』達と同じレヴェルで、この僕のことを語って欲しくはないんですよ――」

「く――水倉」

「ああ、水倉と言っても、別に僕は神檎さんの血族でも何でもないですよ？　誤解なきよう――りすかさんや破記さんとも、勿論、血縁はありません」

歌うようななめらかさで喋《しゃべ》る、水倉鍵。しかしそんなことは知っている。水倉破記から『六人の魔法使い』の、六つの名前を聞いて――直後、りすかに最初に確認したのは、水倉鍵という人物についてだった。苗字《みょうじ》からして、水倉神檎の関係者ではないかと予測したのだが――しかし、りすかは全く知らないと、そう言っていた。親戚にもそんな名前の人間は一人だっていやしないと。

「一応養子扱いですから、りすかさんのことは、できれば『お姉ちゃん』と呼びたいんですが――あの人は許可してくださるでしょうか？　弟を欲しがるってタイプにも見えませんけれど。どう思いますか――ねえ、供犠さん？」

「……何をしに――来た」

馬鹿な質問だ。こんな、ホテルの部屋にまで乗り込んできておいて――乗り込まれておいて、何をしに来たもないだろう。りすかもツナギもいない、完全に隙《すき》をつかれた形だ――まさか、これは予定通りなのか……？

「えへへへ」

水倉鍵は——笑った。

「違いますよ、供犠さん——言ったでしょう？　僕は人飼や地球木とは、全く違う存在なのですよ——彼らは『駒』だけれど、僕はそうじゃない——僕は彼らとは全く違う命令系統によって、動いているんです」

「意味が——わからないな」

ツナギから、何枚か、護身用のお札をもらっちゃあいるが——そんなものが通じるとも思えない——どうする。少なくとも現在、会話が成立しているのだから——言葉の通じる相手なのだから、言いくるめる方向で行くか……いや、それだってできるとは思えない……。

「だから警戒しないでくださいよ、供犠さん——心配することなんて、何一つ、ないんです。あなたが不安になることなんて、何一つ、ないんです——」

水倉鍵はほがらかに言う。

「——だって、そもそも僕は魔法使いですら、ないんですから」

「え……？」

「あなたと同じ人間ですよ。基本的には」水倉鍵は続けた。「とある特殊能力を備えてはいますが――それ以外の機能は、全く人間そのものです。『魔法使い』でもなければ『魔法』使いでもありません――人間外じゃなくて、元人間じゃなくて、人間です。だから僕は供犠さんには何もしませんよ――否、何もできませんよ。無力なんですから」

「……………………」

「信用してもらえないのなら、それも仕方ありませんけれどねえ」

言いながら――水倉鍵はベッドの、さっきまでぼくが座っていた位置に座った。凹《へこ》んでいる部位に、合わせる形で。何気ないようで、挑発的な態度だった。

「しかしそれでも、僕は僕の務めを果たさせてもらいますよ――先ほど『何をしに来た』とお訊きになられましたが、それに対して誠意を持って答えるならば、『話をしに来た』のですよ、供犠さん」

「……話を」

あまりに水倉鍵の態度が自然過ぎて気付かなかったが――こいつ、ぼくの名前を――ごく普通に、知っている――ぼくがただの人間であることさえ。てっきり、『六人の魔法使い』側には、ぼくの存在は露見していないものだとばかり思い込んでいたけれど――そうではなかったのか。

「勿論――あなたのことは知っていましたよ、供犠さん、供犠創貴さん。神檎さんは

——りすかさんよりもツナギさんよりも、誰よりも、あなたのことを——評価しています」

神檎——水倉神檎。命令系統。

「勿論、この僕もです——供犠さんがいなければ、りすかさんは僕達の尻尾《しっぽ》どころか影すら踏むことはできなかったでしょうし、ツナギさんは、供犠さんなしでは、人飼に単純に複雑に殺されていたに決まっているのですから。あなたの明晰《めいせき》なる頭脳なしでは、彼女達には何もできない」

「…………」

「今回の地球木の件だって、そうですよ——表向きにはりすかさんの索敵《さくてき》能力とツナギさんの戦闘能力が際立って目立っていますが、それだって、供犠さんなしじゃあ成り立たなかったと言えます」

「持ち上げても——何も出ないぜ」

「出してもらおうとしているのですよ、こちらは」

にやりと笑って——

「単刀直入にお話ししますよ、供犠さん——あなた、僕達の仲間になりませんか？」

水倉鍵は——自然に言った。

「仲間に——だと？　ぼくが？　このぼくが？」

「ええ。あなたには、その資格がある」

あるんですよ、と水倉鍵は繰り返した。

「僕達は——あなたと手を組みたい」

「………………」

「前に、人飼がツナギさんを誘って、けんもほろろだったそうですけれど——あなたはどうですか？　僕達の仲間になってくれるつもりはありませんか？　供犠創貴さん」

「何を——言うかと思えば、随分《ずいぶん》とふざけたことを——いや、他人をなめたことを、とでも言うべきなのか——」

「無論、ただとは言いません。言うものですか」

ぼくには喋らせず、無理矢理に、しかしやはり、自然に——水倉鍵は言う。

「もしも、ツナギさんとりすかさんをあなたの心から切り捨てて——僕達の仲間になってくださるというのなら——『箱舟計画』の全容を、まず、あなたにお話ししま す。いえ、これは、前提条件ですね——お望みとあらば、僕がこれからあなたに、『箱舟計画』の全容をお話ししますから、それを聞いた上で僕達の味方になってくれるかどうか決めてください」

「前提条件――」

「その通り」頷く水倉鍵。「人飼のように、暴力を背景にした脅しを僕は好みません――だから、神檎さんからのお言葉を、そのままお伝えすることにします。本当を言うと、影谷の二番煎《せん》じみたいで、あんまり気は進まないんですけれどね――」

「水倉神檎からの――言葉」

「そうです」

水倉鍵は――初めて、不自然に、言った。

「供犠創貴。もしも、りすかとツナギの御首を持って、我々の仲間になるのなら、――」

「――お前にこの世界をくれてやろう」

「乗った」

ぼくは即答した。

「その条件なら、文句はない」

「ええ、勿論即座に決められることではないでしょうから、考える時間は二日ほど差し上げますので、よくよく悩み、適切な配慮をして——って、え？」「乗った、と言ったんだ」どうやらよく聞こえなかったらしいので、ぼくはもう一度、繰り返した。「その条件なら——こちらとしては何の文句も、一個だってない。至れり尽くせり、渡りに船って奴だ」

「…………」

なんだか——自分から話を振っておきながら——水倉鍵は、半笑いのような、とぼけた表情を浮かべた。

「判断の速さが異常なまでだとは、分かっていたことですが——いや、すいません。さすがに戸惑ってしまいました。しかし——」と、水倉鍵は言う。「本当に——分かっているんですか？　今一度確認しますが——ただこちら側の陣営につけと言っているんじゃ、ないんですよ？　りすかさんとツナギさんを——」

「あの二人の首だろ？」

ぼくは台詞を先回りする。

「安心しろ。味方としてなら二人とも手に余る、扱いづらい奴らだが——ただひたすら単純に破壊すればいいというのなら、いくらでも方法はある。ツナギの方が若干、付き合いが短い分、不可知の領域が深くはあるけれど——それほど情が移ってない分、やりやすいとも言える」

「情──簡単に言いますね」

「簡単じゃないさ。あの二人のことはそれなりに大事に思ってるしね。ぼくの大切な、お友達だよ。でも、世界そのものとじゃあ、比べるべくもない。それゆえの──条件だろ？　破格じゃないか」

情に溺《おぼ》れて本末転倒なんて、そんな馬鹿馬鹿しいことは、まるで荒唐無稽《こうとうむけい》だ。

「心は──痛みませんか？」

「そんな曖昧《あいまい》なものは、痛まない」

「仲間を裏切るんですよ？」

「仲間だから、裏切るんだろ？」

ぼくは平然と答える。

「期待には応えねばならない、信頼は裏切っていい──というのが、ぼくのこれまで守ってきた、金城鉄壁の主義でね──目的達成の手段なんて、ぼくにとっちゃなんでもいいのさ」

いや──むしろこれこそが正道だと言える。それこそ、これまで展開してきた努力が実を結んだということだ──本当に、心の底から、何の文句もない。ぼくにとっては水倉神檎なんてのは、何の縁もゆかりもない、関係ない、どうでも構わない他人だ。あくまでもただの通過点──どういう風にそこを通過しようが、いずれにせよ同じこと――恨《うら》みもなければ憎しみもない。それは――あの二人にしたって、同じことだ。今はたまたま共闘関係にあるが――しかし、そうでなかった線もあったのだ。そんな、どちらにでもなりうるようなあやふやな存在は――ぼくにとってはどうでもいい――とまでは言わなくとも、少なくとも、絶対ではない。

「ないん――ですか？　恨みも、憎しみも」

「その理由がないからね」

「何度も――死にかけたのに？」

「構わないさ、その程度。ぼくは寛容だ。それに見合うだけのものをいただけるのなら――それでどっこいどっこい、お互い様って奴だろ」

「……覚悟は――決まっているようですね」

水倉鍵は感慨を込めて――唸《うな》るように、そう言った。覚悟？　しかしそんなものは――ずっと昔から、当たり前のように決まっていたことだ。一年少し前、りすかと交わした約束は、どうやら予定していたのとは全く別の形で守ることになりそうだが――それもこの状況ではやむなしという奴だろう。所詮は些細《ささい》、ぼくがこだわるようなことではない――そんなものは、どうにでもなることだ。

「では――もうこれ以上重ねての確認は、失礼になると判断し、致しません。供犠さん、ならば早速――」

「待てよ」

ぼくは、ベッドから立ち上がりかけた水倉鍵を、右手で制する。

「ぼくの方からの確認がまだ終わっていない——確かにその条件は破格で文句はないが——しかしそれは、それが本当だったら、という話だ」

「…………」

「ぼくとしては、きみの言うことが全て嘘《うそ》であり、罠《わな》である可能性を——考慮せざるを得ない」

「慎重《しんちょう》——ですね」

「当然——だよ。ほいほいときみ達の話に乗って、全てを失うわけにはいかない。これまで築き上げてきた、全てのものを」

「ふむ——しかし、そう言われても」

水倉鍵は首を捻《ひね》る動作をする。

「証明の手段と言われても、特にはありませんからね——だからといって、こちらの話を全て鵜《う》呑みにしてもらおうというのも無茶な話ですか——困りましたねえ」

「……証明できることなら、あるぜ」ぼくは言った。「きみ達が体系だった組織として——このぼく、供犠創貴に、世界を与えうるだけの能力を所有しているかどうか——それを証明してもらえれば、とりあえずは、いい」

「と、言いますと？」

「簡単なゲームをしよう」

水倉鍵を見据えて――ぼくは続ける。

「それできみがぼくに勝つことができたなら――供犠創貴はきみ達の味方になってやる。勝てないなら、この話はご破算だ」

「……ご破算」

「自分より弱い連中の力を借りるつもりはないからね――それこそ『駒』って奴だろう？　その話に乗るための必要最低限の条件は、きみ達が、りすかとツナギと合わせた二人よりも、より強力であること――だ。それは、自明だろう？」

「ふーむ」

水倉鍵はため息のような、相槌《あいづち》を打つ。

「なるほど――わかりやすいやり方だ」

「わかりやすいのが、好きなのさ」

「――ゲームの題目は、僕が決めていいんですか？」

「構わないよ」

特に、それこそ迷うような素振《そぶ》りもなく、あっさりとぼくの提案を受けることにしたようで――水倉鍵は、す――、と、部屋の中の一つ一つを、首の動きだけでチェックする。ゲームの材料を探しているようだった。まあ、突然そんなことを言われても、ホテルの一室に都合よくおあつらえ向きのものがあるわけもないので、水倉鍵が決めて構わないとは言ったものの、最終的には知恵比べのようなゲームをするように誘導するつもりだが——あ。いや、ちょっと待て、今、この部屋には——

「その、ダイスにしましょう」

水倉鍵は——ガラステーブルの上の、四つのダイスを指差して、言った。

「そこにあるダイス——それなら、イカサマのしようもありませんしね」

「……イカサマ」

「安心してくださいよ。言ったでしょう？　僕は魔法使いじゃないって——供犠さん。あなたは、どうやらかなり目端の利く、頭の回転が速い方のようですが——それだけでは単純な勝負には勝てないということを、この僕が証明してさしあげましょう」

証明をね、と水倉鍵は言う。

「ダイスを使って——何をする？」

「ふむ。そうですね、チンチロなんてのは古臭くってどうも好きじゃありませんし——お互い子供なんですから、もっと子供らしい遊びに興じたいところですよねえ——四個か……四個の、ダイス——そうだ」

水倉鍵は、ダイスのすぐそばのメモ帳を、示す。

「そうだ——ビンゴならどうです？」

「ビンゴ？」

「知っているでしょう？　ビンゴ——五かける五の、二十五のマスを、数字で埋めて——縦横斜めのいずれか一列揃えたらあがりっていう、例のゲームですよ——長崎には元来的に存在しないゲームなのですけれど、幸い、僕は最低限のルールは知っています。供犠さんはどうですか？」

「勿論——ビンゴくらい、知っているけれど——」どう反応したらいいものかわからず、ぼくは語尾を曖昧に、ダイスの方に目を遣《や》る。「そんな方法でいいのか？　大して、きみに有利であるとも思えないけれど——」

「勝負ごとならフェアにいきたいですから」

「……フェアに、ね——」

「えへへへ」

水倉鍵は、照れ笑いのような表情を浮かべたが、しかし、フェアなんて、そんな言葉を頭から信用するわけにはいかない。こんな場面で、こんなところに、あまりにも都合よく——今朝までは確かになかったダイスが四個揃っているという時点で、フェアどころか、異常以外の何物でもない。だが——

「勝負をしようじゃないか。勝負をしよう、存在を賭《か》けあった真っ当な勝負を、真っ向から」

「その両足で立ち上がって、こっちに来い。勝負をしようじゃないか。勝負をしよう、存在を賭《か》けあった真っ当な勝負を、真っ向から」

と、ぼくは言った。

「いいだろう」

★　★

先日——佐賀県河野市から、『六人の魔法使い』を相手取るために、出立するその直前——ぼくは一つの勝負をした。勝負をした相手は——佐賀県警の幹部であり、実質的には佐賀県警を掌握《しょうあく》している男——そしてぼくの父親でもある、供犠創嗣《きずつぐ》。夏休み中の自由行動を賭けての勝負だった。トランプを使った簡素な、装飾のない勝負ではあったが、その単純さゆえに——難しい勝負だった。勝負自体は一瞬で決着、そしてぼくの勝ちではあった——しかし実質的には、あまり勝利の実感と言えるようなものは、一切なかった。あれは供犠創嗣の貫禄勝ちとでも言うべきだったろう——残念ながら。しかし、今更それが、それ単体ではぼくにとって後悔や反省の対象とならないのは、それが今のところはいつものことでしかないからだ——ぼくの父親は、あの手の勝負を、かなり頻繁《ひんぱん》にぼくに申し出てくるのだった。いや、ぼくを相手にだけではない——誰を相手にでも、すぐに、ゲームによる勝負を申し出る。異性を口説《くど》くときなど、それがもう常套《じょうとう》手段であるといってもいいくらいである。ゆえに——ここで、今ここで、水倉鍵を相手に、僕がゲームによる勝負を申し出たのは——それが念頭にあったからに、他ならないのだ。しかし——そんなことは間違いなく知るよしもないはずの水倉鍵が、まるで当然のようにその勝負を引き受けて、しかも、テーブルの上にダイス——なんて展開になることに、若干の違和感があるのは確かである。が——勝負を申し出たのがこちら側からである以上、その辺りについては違和感を飲み込む他にない。いや、違和感を理由に、ここは一旦退《ひ》くというのも一つの手段ではあると思うが——ぼくはそれを、よしとはしなかった。なぜならば、少なくとも——

少なくとも供犠創嗣ならここでは退くまい。

……別に、彼を見習おうという気は全く皆無だけれど——しかしそれでも——という奴だ。とにかく——ビンゴだった。

「一応、ルールを口に出して説明しておきましょう——五マスかける五マスの、二十五マスで構成された正方形。真ん中の一つを抜いて、残りは二十四——ダイス四個で構成される最大数が、６・６・６・６の二十四ですから、空白の二十四のマスに、１

から24までの数字を好きなように書き込む――交互にダイスを振り合って、先に一列揃った方の勝ち。いいですね？」

「それでいいよ」

ぼくは右手でダイスを――弄《もてあそ》びながら、水倉鍵のルール確認を、聞いていた。ふむ――どのマスにどの数字を入れるのかを自分で決められるとなると、ただ単純な運試しということではなさそうだな――知恵も試される。ダイスは――どうやら、本当に、ただのダイスのようだ。何の仕掛けも、あるとは見えない。こうして触ってみても何の不自然もない。勿論、何か魔法的な仕掛けがある場合は、ぼくにはわかるわけもないのだが――ふん。まあ、それならそれでもいい――負けたら負けたで、ぼくに損のある勝負でもないのだから、この場合、それほど深く疑う必要はない――最低限の安全を確保できれば、それでいいのだ。そういう意味では、別に気楽に構えていてもいい――こんなのは、ただの儀式みたいなものだ。

「あまり時間をかけて、りすかさんやツナギさんが戻ってきてもことですので――じゃあ、五分間、と区切って、それぞれのマスを埋めることにしましょう――勿論、相手からは見えないように」

「わかった」

「では、用意――スタート」

言って、水倉鍵は鉛筆を動かし始めた――どうやら、どのマスにどの数字を当てはめるか、最初からある程度決めていたらしい――このゲーム、慣れているということか。ぼくの方はといえば、ビンゴ自体の経験はあっても、こういうパターンは初めてだ――ふむ。やれやれ――

「…………」

ダイスの出る目は偶然じゃなくて確率だ――確立でしかない。その意味では、有利な数字と不利な数字を、導き出すことが可能。ざっと考えるだけでも、1と2と3、この三つの数字が、デッドであることは、知れている――四つのダイスで構成される最大数は、今、水倉鍵が言った通りに24だが、構成される最低数は、1ではなく4だ――1・1・1・1の、4。だから、1と2と3は、邪魔にならない位置に配置する必要がある――少なくともこの三つの数字を、三つの列が重なるマスである、四隅あるいはその斜め内側に配置してはならない。それは、1・1・1・1、そして6・6・6・6の、それぞれ一通りずつしか出目が存在しない、4と24もまた、似たようなものである。しかし5なら？　23なら？　――数字が真ん中の方に寄っていけば寄っていくほど、確率が――出目のパターンが増えるのは予想できるけれど――

「ふう……」

「どうしました？　供犠さん」

「別に……ちょっと、考え事だ」

「……五分経って、空白のマスは、空白のままという扱いになりますから、お気をつけてくださいよ」

「わかってるよ——」

しかし——これくらいの数になると、さすがに面倒くさいな。六かける六かける六かける六、つまり六の四乗、千二百九十六通りの組み合わせか——算盤《そろばん》でも習っていれば話は別なのかもしれないが、三乗までならともかく、四乗以上っていうのは、ちょっとぼくにとっても、あまり考えたことのない未知の領域だ。この際、大体の勘でやってしまうか？　それこそ、供犠創嗣とのトランプ勝負のときのような単純な計算ではすまない以上——いや。この勝負は——ただの勝負ではない。負けたら負けたで、とは言ったものの、それは手を抜いてもいいという意味には、やはり、ならない——絶対に勝たなくてもいいというだけで、気楽に構えていてもいいというだけで——わざと負ける理由には、まるでならない。気を抜くのはいいが手を抜くのは駄目だ。そもそも、ぼくが全力を尽くして負けるくらいの相手でないと——ぼくに世界を与えるものとしての、資格はないと見るべきだろう。ならば——ちゃんと数値化しなくてはなるまい。

「メモ帳で演算するのはなし？」

「ええ。全ては頭の中だけで」

「暗算か……」
1、2、3の確率は、ゼロ——4の確率が、千二百九十六分の、一。24も、千二百九十六分の、一だ。4から24までの数字の真ん中は14——ゆえに、14を中心に、線対称の鏡写しの確率になるはずだから、計算するのは14までの数字でいい。ダイス四つで5になる出目は、1・1・1・2、1・1・2・1、1・2・1・1、2・1・1・1、——この四通り。23も同じ——時間の制限がある以上、ぱっと頭で全ての出目が思いつくのは、この辺が限度だ。あとはパターン化が必要となる——ダイスが四つ。ダイスをそれぞれ、ダイスA、ダイスB、ダイスC、ダイスDとして、それぞれの出目を、a、b、c、dとする——ダイスの数が四つである以上、出目の組み合わせのパターン自体は限られる。パターン①——a＝b＝c＝d、パターン②——a＝b＝c、それと別の数字d、パターン③——a＝bと、それと別の数字でc＝d、パターン④——a＝b、別の数字c、別の数字d、そしてパターン⑤——a、別の数字b、それと別の数字c、それと別の数字d——それぞれの組み合わせの中で、a、b、c、dの数字は、入れ替え可能——パターン①は一通り、パターン②は四通り、パターン③は六通り、パターン④は十二通り、パターン⑤は二十四通り——か。そしてそれぞれの数字の、組み合わせを考えて——やれやれ。ダイス三つなら、やっぱり、まだしも簡単なのだが、単純な物量として——本当にやれやれだ。ぼくは目を閉じる。集中するために。頭の中は、しかし、どうしてか思ったようには冴《さ》えてこず——結局、その計算だけで、二分もの時間を、ぼくは費やした。6の出目は十通り、7は二十通り、8は三十五通り、9は五十六通り、10は八十通り、11は百四通り、12が百二十五通り、13が百四十通り、そして14が百四十六通り——一足す四足す十足す二十足す三十五足す五十六足す八十足す百四足す百二十五足す百四十、それにかける二をして、百四十六を足せば——千二百九十六。多分、この計算で合っている。だから15は百四十通り、16は百二十五通り、17は百四通り、18は八十通り、19は五十六通り、20

16	4	1	23	14
5	17	2	15	18
20	8	★	21	9
6	12	3	10	19
13	7	24	22	11

は三十五通り、21は二十通り、22は十通り、23は六通り――24は一通り、で、いいだろう。およそ考えていた通りの確率分布だが、しかし、真ん中の方の数字がそれほど偏《かたよ》っていないのは、意外だった――平らとまでは、言わないが……しかし、千二百九十六分の百四十と千二百九十六分の百四十六では、それほど大差ないと言ってしまっていい。つまり、この辺がポイントになってくるか。ならばあとは、この数字をそれぞれどう配置するかだが――ふむ。しかしここまで数字が出てしまえば、あとは一分もかからない。半数近くが同じ確率同士なのだから、絶対の必勝法、必勝構造は、この場合、存在せず――そこら辺は全くのフィーリングに頼ることになるが、しかし、ごく当たり前に、単純に計算するなら――ダイスをただの確率装置として捉《とら》える視点から考えるならば、精々《せいぜい》――こんな感じか。

「終わったよ」

「ええ――僕も、終わっています」

「じゃ、始めようか」

「五分には、まだ時間が余っていますが、それでは――おっとその前に」

ガラステーブルの上に、自分の書いたビンゴの紙を裏向きに置いて、そっとぼくに近付いてきた。ごく自然に、だ。そして――一体何を思ったのか、ぼくの背中に、抱《ほう》擁《よう》を交わすかのように――両腕を回してきた。

「――なんの真似《まね》だ？」

「抱きついているのですよ」

「だから、それが何の真似だと――」

言いさしたところで――身体の中で、薄いガラスがぱりぃいん――と割れたような、そんな感触があった。実際にそんな音がしたわけじゃない――あくまでも感触だ。しかし、その感触があった瞬間――身体の中身が、ごくすっきりとしたような――すごくすっきりとしたような、そんな感覚が――そんな実感が、あった。

「な――何をした？」

「魔法でダイスの出目を調整したと思われると、気持ちよくありませんからね――僕の所有する特殊能力を披《ひ》露《ろう》させてもらったまでですよ。フェアプレイの一環として」

「特殊――能力」

「僕の能力は、魔法封じ」

水倉鍵は言った。

「あなたが『魔法使い』使いならば――僕は『魔法使い』封じというわけです。この僕の周囲十五メートル以内では――どんな魔法も、発動することは、許されない」

「魔法──封じ」

「ええ──対『魔法』の戦闘において、僕は無敵の人間であるというわけですよ──しかもこいつは常時発動型の能力でしてね。『六人の魔法使い』の一人にこの僕を入れることの誤謬《ごびゅう》がわかろうというものでしょう──供犠創貴さん」

「それは──魔法とは違うものなのか？」

「違いますよ。魔法でもなんでもない、ただの能力──否、体質というべきでしょうか？　あなたと同じですよ、供犠さん──」

不思議なことを全て魔法のせいにするのは、とてもよくないことなのですから──と水倉鍵は言った。その台詞は──一度ならず、聞いたことがあるものだった。そして──

「能力──ただ単に、洞察力が深いとか勘が鋭いとか──そういう、人間の普通の能力──その延長線上としての、魔法封じ──か」

たとえば、そう──彼女の──ような。

「その通り。強《し》いていうなら能力を超えた能力──超能力とでも名付けましょうか」

「…………」

その言葉は多分辞書にも載っているけどな。

「じゃあ、今、ぼくに──何をしたんだ？」

「供犠さんの身体に変な魔法がかかっているようでしたから、解除してさしあげたんですよ——直に触れれば、僕の魔法封じは、より強力に作用しますから。魔法封じは、魔法で言うところの『分解』をも担えるのですよ——多分、破記さんの魔法ですね。不幸があなたに寄っていくという魔法式が、あなたの身体に仕掛けられていました」

「……絶句だよ」

本当に解除しきれてなかったのか、あいつの魔法……。道理でここ最近、やけについてなかったわけだ……。

「彼の魔法は距離と密接に関係しますから、微々たる影響力でしたでしょうし——本当に薄くなっていましたから、りすかさんが気付かなかったのも無理ありませんけれどね——それに、あの二人じゃ、まぎれちゃっても仕方がない、か……ともかく」

水倉鍵はぼくに向けて微笑《ほほえ》む。

「これで、僕の能力というのが、ダイスの出目を操るような——それこそ破記さんの、確率を調整するような魔法とは、まるで種類を別にするものであることは、わかったでしょう？　ま、たとえ供犠さんの身体にその魔法がかかったままであったとしても、僕の周囲十五メートル以内にいる限りにおいては、その魔法式も発動しませんけれどね——」

「十五メートル——か」

「平常時では、ですよ？　その気になれば、その範囲はかなり広げることが可能ですから——『歩く』と『走る』の違いですから、そんなもの。りすかさんでもツナギさんでも、僕に勝つことは不可能です」

「…………」

あの二人でも——か。確かにそうかもしれない。

「僕に勝てるとしたら——それはあなただけなのですよ、供犠創貴さん」

「……そいつはいいや。じゃあ——始めようか」

「ええ」

深く、頷く水倉鍵。

「あなたから——振ってください」

「そうさせてもらうよ」

大したタメもおかず——ぼくは、手にしていたダイスを、四個同時に、転がした。

ダイスはガラスの上ではうまく転がらず、すぐに停止する——1・2・5・5の、13。確率でいえば、順当な——数字だった。

「当たった数字は、鉛筆で塗りつぶすのかい？」

「ええ。どこを塗りつぶしたか、どういう風に塗りつぶしたかわからないように、ですよ？——しかし、リーチの宣言はきちんとすることにしましょう。ダブルリーチの宣言も、トリプルでも、言うまでもなく」

「わかった」

「では」

ダイスを拾って、そのままの手の動きで、水倉鍵もそれらを転がした——6・6・6・2。別に、数字が揃うことに、この場合、何の意味もないとは言っても——さすがに6が三つも並ぶと、意味もないなりに、肝が冷えるような思いがした。

「20——ですね」

「次はぼく、か」

「ええ」

そうして——勝負は、静かに、始まった。ダイス同士がぶつかり合う音、ガラステーブルとかち合う音——静かな部屋に、その静かな音だけが、静かに響く。

「ああ、そうだ——」

2・2・4・6の14、が出たところで、水倉鍵が思い出したように、言った。

「『箱舟計画』についてお話ししなくては、ね」

「……まだぼくは、きみ達の味方になると決めたわけじゃないぜ。決めたわけじゃないというより——決定した、わけじゃない」

「いいんですよ——ただの誠意です。言ったでしょう？　『前提条件』ですよ——何も示さずに僕達の仲間になれじゃあ、いくら世界と引き換えであっても、無茶苦茶《むちゃくちゃ》ですからね——無論、味方になると決定していない供犠さん相手では、大雑把《おおざっぱ》なところまでしかお話しできませんが、しかし、僕も個人的には、この『箱舟計画』を聞いて、あなたがどう反応するのかにも——興味がありますから」

協力してくださるかどうか、それで決めてくださっても結構ですよ——と水倉鍵は、言うのだった。

「『箱舟計画』とは——その名から既にある程度、予想はついているとは思いますが——魔法使いを、長崎からはおろか、九州の土地からも、外に出そうという計画です——海を越えてね。本州、四国、北海道、沖縄——佐渡島や巌流島、瀬戸内海に浮かぶ小島に至るまで。それどころか、最終的には世界中に至るまで——です」

「海を越えるなんて」

ぼくは殊更《ことさら》、馬鹿馬鹿しげに言う。

「それができれば——誰も苦労はしない。『魔法の王国』の歴史上——どころか、二千歳のツナギですら、そんな事例は一件だって、知らないと言っていたぜ。海を越えるのは——不可能ごとなのじゃなくて、不可能なのだって」

「普通に考えれば、そうです。しかし——それを為そうとしているのは、あの水倉神檎なのですよ？」

水倉神檎──神にして悪魔、全にして一、空前絶後、比類なき大魔導師。

「それだけでも──話は現実味を、帯びませんか？」

「帯びないね」

4・4・3・5──16。やはり、真ん中に寄る──しかし、同じ数字が二回出ても意味がないことを思えば、重要なのは、真ん中の数字が出尽くしたそのあと──なのだ。

「魔法使いが海を渡るというのは、即ち、死ぬということだ──」

本当に厳密なことを言えば、これはツナギも恐らくは知らないことだが、たった一人だけ──その住処を、『城門』に隔てられた、佐賀と地続きの土地から、海を隔てた五島列島へと移し変えた魔法使いがいたが──そのために、彼女は多大なる犠牲を強いられていたし、移り住んだ段階で、彼女はもう魔法使いではなかった。そして人間でもなかった。長崎県の領地である五島列島に渡るだけでも、その犠牲。海を渡る──それは、ぎりぎりで死を回避したところで、魔法使いが魔法使いでなくなってしまう、そういう行いなのである。

「──不可能なんだよ」

「不可能ですか──じゃあ、そうですね、供犠さん。趣向を変えて、こういう話をしましょうか？」

1・3・5・6――15。13、14、15、16、19、20――既に六つ、数字かぶりなしで来ているが――向こうからリーチはかからない。しかし、こちらは――この『15』で……。

「リーチだ」

「早いですね――たった六つの数字でリーチだなんて、正直、驚きました」

「あまりがっかりさせるなよ――話が終わる前に勝負が決まったんじゃ面白味に欠ける」

「そういわないでくださいよ――えっと、どこまで話しましたっけ？　そうそう、趣向を変える話――」

ぼくのリーチなどまるで些事であるかのように、水倉鍵は言う。

「アメリカ合衆国アリゾナ州に、一人の男が住んでいました――別にどんな男だったかは問題ありません、とにかく、男です。男は、ある日――二〇〇二年の二月二日、死体で発見されました。様々な要因から、死亡推定時刻は、午前二時に限定されました。そして容疑者も、あっという間に特定されたのですが――しかしその人物には、確固たるアリバイがあったのです。その人物は、被害者の家からすぐ近所の住人だったのですが、しかし犯行時刻である午前二時には、家族以外の人間と、彼は会っていたのです。いや、彼女でも構いませんが——まあ彼としておきますか」

「…………」

「順当に考えると、彼は男を殺した犯人ではないということになりますが——しかし確かに、男を殺した犯人は、彼なのです。その時刻にアリバイがあるにもかかわらず、その他の証拠は、全て彼が犯人であることを指し示しているのです」

これも——不可能ごとではない、不可能ですよね——と水倉鍵は、ぼくを挑発するように言った。

「供犠さん——あなたなら、この謎をどう解釈します？　この不可能を——どう解決しますか？　とりあえず、魔法抜きで考えてみてください。さあ、推理小説の名探偵のように——解き明かしてくださいよ」

「くだらないクイズだ」

1・4・5・6——16。とうとう、数字がかぶったか。こういうこともある——というより、ここから先は、こういうことばかりだろう。ダイス四個で12が出る確率は、千二百九十六分の百二十五——ざっと十分の一弱ってところだ。それでぼくの勝ち——しかし、これで勝ってしまうようなら、『箱舟』がどうこういう以前に、『敵』としてすら期待外れだぞ……それに今の、本当にくだらないクイズ——何のつもりだ？

「そんなクイズが解けない奴はこの世のクズだ」

「ほう。今まで、僕は『箱舟計画』について話をするときは、誰彼構わず、この問いを出題しているのですが――間を置かずに答える人は初めてですよ。本当に――判断が速い」

1・4・4・5――14。またかぶり、だ。

「で、お答えは？」

「簡単に言えば、容疑者っていう『彼』――そいつが、ネバダ州の住人なんだろ？　近所っていっても、州境を挟んでの近所ってことで――」

他の点については、別に何でもいい、被害者がどんな男かもどうでもよく、容疑者が彼だろうが彼女だろうがどうでもよく――なのに、場所はアメリカ合衆国のアリゾナ州に限定しているところが、このクイズの根幹だ。そこに気付いてしまえば、容疑者の住んでいる場所を被害者の家からすぐ近所と限定している不自然さにも気付けて、あっという間に解ける。

「アメリカ合衆国は日本と違って、横に長い――縦にも長いけれど、とにかく横に長い大陸だから、端と端で、時差が生じる――アリゾナ州は山岳標準時、そしてネバダ州は太平洋標準時に属し――ぴったり一時間の時差がある。アリゾナ州の午前二時は、ネバダ州ではまだ午前一時。逆に言えば、ネバダ州で午前二時にアリバイがあっても、それはアリゾナ州においては、犯行時刻の一時間後――午前三時。そんなの、アリバイにはならない──犯行後のアリバイ工作でしか、ない」

無論こんなのは警察に対しては何の工作にもならないので、現実にこんな殺人事件があったとしても名探偵の出番などない。小学生同士の間で交わされる、ただの意地悪クイズと同じ種類のものだった。3・4・3・4──14。掠《かす》める、というか──別に近くの数字が出ても全然惜しくなんかないのだが、なんだか歯がゆい感はあるな……。

「エクセレント──さすがは供犠さん。僕達の陣営でも、この問題に正解したのは蝿村とキリヤだけでしたよ──大したものです」

「そっちが大したことないだけだろ──で、それがどうしたって言うんだ？」

1・3・5・6──15。

「いえ──わかりませんか？　不可能が可能になったということですよ──」

「最初から不可能でもなんでもないだろ。そんなふざけたクイズ──」

「ふざけたクイズではありません──『時間』を操ることができれば、不可能を可能にすることができるという、これは寓話なのですよ、供犠さん──」

「寓話──」

「人を殺すことができるなら、海を渡ることもできる──いや、正確には、『時間』を操作することができれば、海を渡る必要が消失する──というべきなのかもしれませんね」

「『時間』を、操作——」

時差や、あるいは日付変更線なんていうのは——厳密な意味では、元々地球には存在しない、人間が勝手に決めたものでしかない。だから、『時間』を操作しているというその言い方は、間違っちゃいない。そして——『時間』の操作といえば、それは、そのもの——水倉りすかの魔法だ。彼女は——『赤き時の魔女』、『時間』を操る——運命干渉《かんしょう》系の魔法使いなのだから。1・2・4・6——13。なるほど——水倉破記の魔法が解けたからなのか、それともあらゆる魔法をキャンセルするという、水倉鍵の力なのか——順当な目しか出ない。9以下、20以上の数字など、一回しか出ていない——ん。いや、ちょっと待て——『時間』？『箱舟』——『海』？えっと——『操作』？それは、単純に『省略』ではなく——『時差』？

「…………………っ！」

「どうやら、察しはついたようですね——そして恐らくその通りですよ、供犠創貴さん——」

水倉鍵は、魔法使いのように笑って——言った。

「大陸移動説」

ぼくは――今まで考えもしなかったその発想に――スケールの違う、まさに文字通りグローバルなその発想に――ぐうの音も出ず、黙った。それを受け――水倉鍵は、更に笑う。

「動物進化論と同じくらいメジャーな学説ですから、普通教育を受けてさえいれば誰でも知っている話でしょうがね……一応、無用ながらに説明しておきますと、大陸移動説は、大昔――この地球にある大陸は全て一つだったという仮説ですよ――おおむね証明されているので、仮説という言葉ではやや物足りないかもしれませんがね――たとえばこの日本列島一つとっても、もともとはユーラシア大陸と、尻尾の部分――九州の部分が引っ付いていたのは、ほぼ確実と言われています」

「……き――貴様ら、まさか――」

「そう」

水倉鍵は、誇らしげに言った。

「ばらばらに離れたそれぞれの大陸を――もう一度引っ付けてしまえば――海を渡る必要など、そもそもなくなるとは思いませんか、供犠さん――」

2・3・5・6――16。

「神檎さんが水倉りすかという『駒』を作った理由が、これで得心いったでしょう、供犠さん――『箱舟計画』に彼女の存在は、決して欠けてはならないものだったんで、すよ、」

「…………」

「勿論、まだ幼いりすかさんでは、本来、地球の形を変えてしまうほどの大魔力が使用できるわけがない――今の彼女では、まだまだ自分の『内在』の時間しか操作することはできないんですから。それも、『省略』という、前向きの操作しかできないというのだから、お話にならない。だから影谷をメッセンジャーとして派遣し、彼女にはもう少しの間、長崎県でおとなしくしておいてもらおうと思ったのですがね――まあ、影谷が突破されるのはこちらとしては予想通りのことだったのですけれど、しかし――供犠さん」

2・3・4・5――14。

「あそこまであっさり、影谷がたやすく突破されたのは――あなたの力の、賜物《たまもの》でしょう。もっとも、僕達が供犠さんの存在、その重要性に気付いたのは人飼との戦闘時においてですから、それは後から分かったことなのですけれど……りすかさんには現時点で既に十分な『素質』があると判断し、あなた方の言うところの、僕を含めた『六人の魔法使い』が長崎県から招集されたというわけです――」

「じゃあ――やっぱり、『六人の魔法使い』っていうのは」

「その通り。りすかさんを『成長』させるためだけの、かませ犬集団ですよ」

僕を除いてね、と、付け加える水倉鍵。3・3・3・4——13。

「本当はこのまま、大分県に蝿村、宮崎県にキリヤ、熊本県に結島、そして鹿児島県にこの僕と——九州地獄巡りといった雰囲気で、あなた方には楽しんでいただく予定だったのですが——しかしその予定は変更を余儀なくされました」

1・2・3・3——9。初めて——一桁の数字が現れた。ぼくは久しぶりに、数字を鉛筆で塗りつぶす。

「初《しょ》っ端《ぱな》の人飼が、まずはイレギュラーで、予定外のところで、りすかさんとは関係なく殺されてしまって——地球木も、続けてツナギさんが屠《ほふ》ってしまいました。これは本当に、予定外でしてね——そもそもツナギさんには、城門管理委員会を裏切ってこちらの陣営に入っていただく予定だったのですから」

1・4・4・6——15。

「その予定をぶち壊してくれたのも、供犠さん、あなたです——あなたなのですよ。あなたがあの場に居合わせなければ、ツナギさんはこちら側に入らざるを得なかったはずなんです。水倉りすかの、い、い、い——天敵としてね」

「………………」

なるほどね——その対決は、既に片瀬記念病院跡で、済んでしまっているわけだが——あれは、あちらにとっても、やはり予定外……。

「はっきり言ってね――ツナギさんに勝てる人材というのは、いないのですよ」

水倉鍵は――自嘲《じちょう》のように言った。

「先ほど僕は、己の魔法封じの能力――体質によって、りすかさんでもツナギさんでも――みたいなことを言いましたけれど、それは僕に限定した話だし――それにそもそも、根本的な体力の段階で、彼女はずば抜けてますから。栄養摂取量《せっしゅ》が尋常《じんじょう》じゃありませんからね――ツナギさんは、僕に勝つことはできなくとも、負けることもありません」

確かに――体術だけで、既にツナギは霊長類ヒト科を軽々と超越している。

「僕のそばにいて、そしてそのとき、空から核爆弾が投下される――というシチュエーションならば話は別ですが、それって僕も死んじゃいますからね。だから――現実問題、ツナギさんを止めることが可能だったのは、人飼だけだったんです」

『眼球倶楽部』――『魔眼』の、人飼無縁。

「りすかさんの『成長』のために用意された、魔法使い――なのに、全部ツナギさんが倒しちゃうんじゃ、話にならないでしょう？　あの人、食べれば食べるほど強くなるのですから、人飼と地球木を食べちゃった段階で、もうかなりの無敵状態なのですよ――ツナギさんが『成長』してどうするんだという話です。しかし、ツナギさんは、もう疑いようもなく、供犠さんとりすかさんの味方であり、仲間だ――」

2・4・5・5――16。

「だから――僕が出てきたんですよ」

3・5・6・6――20。

「いっそ、こうなれば、『勝負』して『成長』だなんてまどろっこしいことはせず、こちら側の陣営についてもらうしかない――とね」

「……なんだ」

ぼくは思わず、嘆息《たんそく》した。それが安心の嘆息なのか落胆の嘆息なのかは、自分でもよくわからなかったけれど。

「二人の首を持って来いというのは――別に、二人を殺せという意味じゃ、なかったんだな」

「場合によってはそうなりますが――しかし、殺してもらっちゃ困りますよ。切り捨てるというのは、あくまで覚悟の問題でね――正確に言うならば、これは交渉という奴ですよ、供犠さん――りすかさんとツナギさんを引き連れて、僕達に協力してもらえませんか――」

「…………」

現在でこそ——りすかは、その体内の魔法式、魔法陣を、ほとんど使いこなせず、自分の体内の『時間』を、前向きに、最大で十日ほど、進めるのがやっとだ——しかし魔法陣を発動させて、二十七歳にまで成長すれば、それこそ地球ごとき、どうにでもできてしまいそうな存在へと——変貌する。簡単なことだ、『地球』そのものと『同着』してしまえば、その『内在』時間を操作することは可能——言うまでもなく、二十七歳のりすかにそれが可能であっても、一分だけしかその姿になれない、やはり現在のりすかでは——不可能ごとではなく、不可能だ。いくらなんでも一分やそこらでは数万年数億年数十億年という時間はさかのぼれまい。しかし——しかして、未来は可変である。あの姿にまで『成長』することが未来で決定しているというのなら——それを『促成《そくせい》』することだって——できるはずで——！　つまり『箱舟計画』とは、水倉りすかの、促成栽培《さいばい》プロジェクトだった——わけか！

「これまで共に戦っておきながら、ここで僕達と手を組むというのはりすかさんやツナギさんにとってみれば、許しがたい裏切り行為であるかもしれませんが——しかし、ツナギさんはともかく、りすかさんの『父親に会いたい』という目的は、ともかく叶《かな》うことになるのですから——考えてみれば、考えようによっては、裏切り行為ですらないのかもしれませんがね」

「…………」

3・5・5・6――19。

「ツナギさんの目的は、神檎さんを殺すこと――なんでしたっけ？　しかし、それだって、どうにでもなりますよ――だって、元々あの二人は神話にも残っているくらい、仲睦まじい恋人同士だったんですからね――」

3・3・4・6――16。

「さあ――僕からのお話はこれで全てです。現時点であなたに話せる『箱舟計画』の内容は、ここまでですよ――供犠さん」

どうなさいますか――と水倉鍵は問う。本当に話はそれで終わりらしい。無論、現時点で、とわざとらしく区切りをつけていることからも知れるよう、それで全てというわけではないのだろう――まだ話せない特秘事項が、二つや三つでなく、数多存在しているのだろう――しかし。

「――やれやれ」

それだけ聞けば――十分だった。

「そういうことなら、話は別だ」

「……話は――別、とは？」

怪訝《けげん》そうな表情になる水倉鍵。

「気が変わった――供犠創貴は、貴様らには、一切合財、協力しない」

ぼくは言った。

「子供を駒扱いする親は――嫌いなんだ」

そして、ダイスの出目は――2・2・4・4の――12、だった。

「それでビンゴだ――ぼくの勝ちだ。くだらない。見損なうな――ぼくは貴様らのような下等な連中に与《くみ》するほど、仲間に不自由してはいない」

「…………」

それに、とぼくは付け加えた。

「りすかはぼくのものだ。誰にもやらん。命と引き換えだと言われても――世界と引き換えだと言われても」

「……恐ろしく突っ込みどころ満載の決め台詞ですが――しかし、勝負は勝負、ですか」

えへへへ、と水倉鍵は、はにかんでみせる。

「クイズにしろ、ゲームにしろ、僕、こういう勝負ごと、結構好きなんですけれど――しかしどうも、本当に強い人には、勝てないものですよね――」

「ふん。少しは期待していたんだが――リーチすらかからないとは、随分と笑わせてくれたもんだな」

「全く、おっしゃる通りですよ。一言もありません。運の要素が多分に含まれたゲームですから、これなら供犠さんに勝つことも不可能じゃないと思ったんですけれど――」

水倉鍵は――自分の紙を、ガラステーブルの上に、表向きに――置いた。

「精々――引き分けがやっとですか」

その紙に書かれた二十五の正方形は――全て、真っ黒に――塗りつぶされていた。

「な――馬鹿な！　こ、こんな――！」

最初に塗りつぶす、真ん中の一つを除いて――他の二十四のマスには、全部、同じ数字が記されていて――それが、上から、塗りつぶされている。記されていた数字は、それはもう、他のなんでもなく――

「ぜ――全部のマスに、『12』を書いたのか、貴様は！」

「ええ――別に、反則じゃないでしょう？　リーチの宣言なんて、物理的にする暇がなかったんですし」しれっと、水倉鍵は言う。「1から24までの数字でマスを埋めること、とは言いましたけれど――同じ数字を二度使ってはいけないとも、二十四度使ってもいけないとも、言っていませんからね――」

「…………っ」

「まあ、それでも引き分けですから格好のつかない話なのですけれどね——いやはや、お恥ずかしい限りです」

僕が勝てば、という条件であった以上、ここは潔く退かせてもらいますよ——と、水倉鍵は、深く深く——ぼくに向けて、丁寧《ていねい》なお辞儀をした。

「みずくら——かぎ」

「しかし、負けたわけでない以上——僕はまだ、諦《あきら》めたわけじゃあありませんがね——供犠さん。僕らはね」

「僕らは、しつこいんですよ」

そして——そのとき、部屋の扉が開いた。今度こそ——そこから部屋に入ってきたのは、水倉りすかと——繋場いたちだった。UFOキャッチャーだかなんだかで仕入れたらしい大量のぬいぐるみを、二人とも、両腕にあふれんばかりに抱えていた。二人は部屋に入って、まず目に入ってきた見知らぬ少年——水倉鍵に対し、きょとんとした表情を並んで浮かべる。

「え、と……ただいま、なの？」

「その子——誰かしら？」

別に、戦闘を行っていたわけでもなんでもない――ただゲームを、ダイスを交えたビンゴゲームをやっていただけだし、傍目《はため》には迷子の相手をしてやっている――程度にしかわからないのだろう、りすかもツナギも、対応に困っているようだった。

「ふふ――ああ、気になさらないでください。ただの普通の脇役ですよ。脇役というか裏方ですかね。すぐに出て行きますから、どうかお構いなく」

言って、水倉鍵は、二人の間をすり抜けるように――堂々と、何の怖気づいた風もなく――歩いて、廊下へと出て行く。高い料金の豪勢な部屋とは言っても、入り口はそんな広く設計されていないので、りすかとツナギは横に割れる形で――その見知らぬ少年を見送るだけだった。扉はすぐに閉じて――オートロックで鍵がかかる。

「……？　な、何？　今の子――へ、変な感じ……」

「魔法使い――って感じじゃないけど、タカくん――あの子と、何をしてたの？」

「魔法使いじゃないよ。人間だ――そうだ。ダイス振って、楽しくお喋りしながら、ゲームに興じてただけだよ……」

ぼくは、とりあえずそれだけ言って――ガラステーブルから離れ、ベッドの上に――倒れ込んだ。そんなぼくの様子に、二人は、心配そうに、あるいは不安げに、何やら言っていたが、そんな言葉は――聞こえなかった。……水倉鍵。本来なら――ぼくはあの程度で裏をかかれた――とは思わない。あんなのはただの反則だと、そう思うだけだ。悔しくもなんともない――強がりでなく、そう思う。ルールは全て向こうが決めたのだ、ぼくがあれをやるならともかく、あっちがあれをやるのでは――あんなのは、裏技でもないし、策でもなければ何でもない。あんなのでしてやったりみたいな顔をされても、的外れだと思うだけだ。しかし、だがしかし、だ――それは、二十四個のマス、全てに『14』と書いた場合に限っての話だ――どうしてあいつは『14』ではなく、『12』と書いたのだ？　どんな読みがあって――そんな中途半端なことができる？　負けてもいいからとにかく派手に自分を印象付けたかったというのなら『4』や『24』と書くのがいいだろうし、単純に勝ちたいなら、やはり『14』――せめて『13』か『15』だ。『12』の出る確率は、『16』と一緒で、その『16』は、随分と先行して出ていたのだから――『12』を全てのマスを埋める数字として選ぶのは、あまりにも中途半端な、何の目的も何の根拠もない、滅茶苦茶《めちゃくちゃ》な策であるとしか、受け取りようがない。効率のことを考えればもっと他の手だってあったはずなのだ。しかし、そこに、滅茶苦茶は滅茶苦茶なりに、とにかく何らかの理由をつけるとするならば――引き分けに持ち込もうとしたから……最初から水倉鍵は、ぼくに勝つつもりはなく、しかも負けるつもりもなく、引き分けに持ち込もうとしたから――とでも、言い張る他、ない。とんでもない結果論で、しかもそれじゃあ一体何をしに来たのかもわからなくなる。そんなの、意地悪クイズの答としてすら成立しっこない、荒唐無稽な解だけれど――しかし、結果としては、そうだった。『12』と『16』の出る確率は、全く同じ――だから、ぼくが、『12』と書いたマスに、『16』と書いていなかったのは、ただの取捨選択の結果に過ぎない――そこには確固たる理由なんてないのだ。ぼくがそこに『16』と書いていれば、随分と前に勝敗は決していた――それなのに、理由らしき理由なんて、本当にないのに、ないのにも、かかわらず――！　水倉鍵――他の魔法使いとは一線を画する、魔法使い封じ――魔法狩りならぬ魔法封じの、ただの、人間……。『箱舟計画』の全容よりも、むしろそちらの方が厄介《やっかい》だと、言って言えなくはないが――しかし『箱舟計画』にしたって、ようやく、その仕掛けが知れた――これだけでも、かなりの前進、福岡県にまでやってきた甲斐があったというものだが――状況自体は、それによってより複雑になった。単純に、こちらが敵を倒せばいい、ゼロサムゲームの時代は――どうやら、地球木霙を倒したところで、おしまいらしい。ここからは、正面からのぶつかり合いではなく――複雑怪奇なシミュレーション、陣取り合戦――といった様相。しかも、水倉鍵は、まだ諦めないなどと――捉えようの難しい言葉を、ぼくに向けて残していった。あれは一体どう解釈するべきなのか――こうなれば、体面や世間体なんて気にせずに、今晩もう一泊してからなんて、そんな生暖かいことも言わず、佐賀県へ一旦戻って、対策を練り直すべきか……あれだけ啖呵《たんか》を切って出征してきておきながら、父親から何を言われるか、全く知れたものではないけれど……りすかにもツナギにも秘密で、別働で動いてもらっている楓《かえで》にも、別の役目を担ってもらう必要が、あるのかもしれない――

「う、うえ、え、え、え、え、え、え、え、えあっ!?」

――と、そこまでつらつらと進んでいたぼくの思考は――りすかの奇妙な悲鳴によって、寸断された。あまりの大声に、脊髄《せきずい》反射的に、ぼくはベッドから跳ね上がって、そっちを向く――

「……なぁ!?」

りすかの右手が――波打っていた。

まるで、その皮膚《ひふ》の下で、無数の虫がうごめいているかのように――てんででためにてんで無規則に――右手が、りすかの意志とは関係なくのたくっている――関節も筋肉も神経もまるでお話にならないくらいに、どうしようもなく、うねって、ひねって、のたくっている。りすかはそれを反対側の左手で、なんとか、力ずくで、抱きかかえるように押さえようとするが、それは完全に規格外の動きであるらしく、少しだって大人しくならない――どころか一秒経過するごとに、更に力強く、更に乱雑に、更に激しく――りすかの身体を引っ繰り返さんがばかりに――波打つ。

「な、なんだ――なんなんだ、それは!?　一体、何が、起こってる!?」

「わ、わかんないの――」

りすかは――混乱の中で、助けを求めるような必死な目でぼくを見ながら、叫ぶ。

「わからないって――」

「わ、わからないけど、さ、さっきの子が、出て行くときに、わたしの手に、触って――触った、ところが――っ！」

「………っ！」

見れば――暴れているりすかの右手の甲に、かすかな――普通に見ていれば普通に見落とすくらいの、小さな――小さな小さな、微細な傷があった。『傷』――『傷』！　その傷からは、ほんのわずかにではあるが、確かに出血していて――

『血』――りすかの『血』！

魔法式、魔法陣！　そして――水倉鍵の能力、あの少年の魔法ならぬ『超能力』は――あろうことか、他でもない『魔法封じ』！

「あ――あの野郎！」

水倉鍵！　裁縫用の針でも安全ピンの先でも、何でもいい――それで軽く、りすかの肌を、本人もかすかな違和感としてくらいしかわからない程度の傷をつけ――『流血』させ――そして、その『血』に、『魔法封じ』が触れたなら！　あの、『魔法封じ』が、直に触れたというのなら！　全身という全身の、血液という血液が、そのもの『魔法』で構成されている水倉りすかという存在は――音を立てて、がらがらと、抵抗する余地もまるでなく、ただただひたすら――崩壊するしかない！

「あ、あああああああああああっ――」

そこで大きく、一段と大きく波打ったりすかの『右手』――否、最早《もはや》それは、『右腕』全体の動き――りすかの『右腕』が、すぐ横で、呆然と、突然の状況を全くつかめずにいるらしいツナギへと――動脈から静脈から毛細血管に至るまで、全ての血管がそれぞれに反逆と暴虐の意志を所有しているかのように、暴力的に、襲い掛かった。

「ぐ、うぅ――あああっ！」

りすかとツナギの悲鳴が――同時に響いた。

★　★

そしてぼくらは知るよしもない。
蝿村召香の魔法がこの瞬間、発動したことを。

《DICE & BINGO》is Q.E.D.
BATTLE is continued.

第八話

部外者以外立入禁止!!

佐賀県を出立《しゅったつ》する際に父親・供犠創嗣《くぎきずつぐ》と行ったトランプ・ゲーム、それについ先程『六人の魔法使い』の一人にして非魔法使い、『魔法封じ』の水倉鍵《みずくらかぎ》と行ったダイス・ゲームと関連させる風に、ここで一つ、よくあるコインのゲームについて、考察してみよう。コインというものは普通、薄い円柱の形をしていて、言うまでもなく、世の中と同じようにと言えば少々気取り過ぎだが、表と裏がある。日本の小銭なら、一円玉、五円玉、十円玉、五十円玉、百円玉、五百円玉、全て、模様が描かれている側と数字の描かれている側で、その表裏は区別されるだろう。このコインを、指ではじきあげて、手で伏せるように受け止める――そして親は子に問う。表《ヘッド》か裏《テイル》か――と。数学の確率問題の初歩の初歩、入門編なんかで挙げられるこの問題は、表と答えようが裏と答えようが、どちらにしたって同じ――そう看做《みな》されるのが常識であり当たり前だ。何故《なぜ》なら、表になる確率と裏になる確率は全く同じ、二分の一同士だからである。親は子に問う、と先程表現したばかりだが、だからこそ、このゲームは、ゲームの導入で、親と子を決めるために行われる、言わばゲーム以前のゲームとして、存在を許されているようなものなのである。こんなものはまさにゲーム以前、言ってしまえばジャンケンと同レヴェルなのだ——だがしかし、よくよく考えてみれば、ジャンケンがただの偶然ではなく、きちんと戦略を組めば百戦して五十勝以上の勝率を確立できる遊戯であるのと同様に、否《いな》、それ以上に、このコイン・ゲームだって、表《ヘッド》か裏《ティル》かの確率《パスカル》は、決して公平《フィフティ》ではない。投げ方のコツとか、受け方のコツとか、そういう話を差し引いた時点で、そう言えるのである。無論、コインが立ってしまう確率なんてものを、ここで考慮する必要はない。そんな要素を組み込むだけでは、表∶裏∶立＝1∶1∶xなので、表と裏との確率は、それぞれ揺らがないからである。こんな簡単な問題を勿体《もったい》ぶってもしょうがないので、ここらで打ち明けた話をしてしまえば、たとえば百円玉ならば、表が出る確率は裏が出る確率よりも、ほんの少しだけ高いのだ。何故か。それは何故なら、模様が描かれている側、数字の描かれている側——で、表裏を区別するとは言っても、より正確に言うならば、模様にしろ数字にしろ、コインに描かれているわけではない。彫られているのである。刻まれているのだ。つまり——どんなコインであれ、表と裏とでは、質量が微妙に違うのである。表半分と裏半分で、重さに差異が生じている——これでは、コインを空中に放り投げ、どれだけ回転させたところで、一旦《いったん》自由落下にその身を任せている以上、表と裏で、より重い側が下を向いてしまう確率が、二分の一をほんのわずか、わずかに超えてしまうのである。そうならないように公正を期そうと思えば、表半分と裏半分との重量を全く同じにしなければならないが──彫るのではなく描くという手段を選んだところで、ミクロレヴェルまで追求して、同一になることはありえない。絵の具にだって重さがあることを思えば、そういう理屈にならざるをえないだろう。ならばもう、コインにおいて表と裏との区別を無くすしかないが──そうしてしまえば、どちらの目が出る確率も、等しくゼロだ。確率よりも、そもそも勝負が成立しなくなる。この論理はコインだけではなく、ダイスにも適用され、たとえば、六の目が出る確率は一の出る確率よりも、わずかに高い──と、言えるのかもしれない。とすると、案外、水倉鍵が選んだ戦法にも、説明が──

★　★

前回までの粗筋《あらすじ》──このぼく、供犠創貴《きずたか》が偶然知り合った少女、水倉りすかは、『赤き時の魔女』と呼ばれる魔法使いである。りすかは行方不明の父親、水倉神檎《しんご》を探して、『魔法の王国』、佐賀県から天高く聳《そび》え立つ『城門』によって遮《さえぎ》られた、長崎県からやってきた転校生だったのだ。ぼくとりすかは水倉神檎の手がかりを求めて、一年以上もの期間にわたって、九州中を『冒険』してきたのだが——小学五年生の夏休み直前、ついに、その手がかりをつかんだのだった。それこそが水倉神檎直属の部下『六人の魔法使い』と、水倉神檎が企《たくら》む『箱舟計画』である。『箱舟計画』とは、決して海を渡ることのできない魔法使いが海を渡るための方法論であり、『六人の魔法使い』——人飼無縁《ひとかいむえん》、地球木霙《ちきゅうぎみぞれ》、蠅村召香《はえむらしょうか》、塔《とう》キリヤ、結島愛媛《ゆいしまえひめ》、水倉鍵——は、その実行のために集められた精鋭部隊らしいとのことだったが、詳細はほとんど不明だった。そんな中、ぼくとりすかは、長崎と佐賀とを区分する城門を管理する、その名もそのまま城門管理委員会の設立者にしてたった一人の特選部隊、繋場《つなぎば》いたち——ツナギと出会うこととなる。出会ったのは敵としてであったが、りすかと同じく水倉神檎を探す者であったツナギとは、その後、同盟関係を結ぶこととなった。そしてやってきた夏休み——ぼくとりすかとツナギ、三人は、『六人の魔法使い』、最初の一人である人飼無縁との戦闘を機に、遂に、行動を起こすこととなる。佐賀県を出立し、最初に戦った相手は、『六人の魔法使い』の二人目、地球木霙——これはあっさりと撃破したが、しかし、順調なのはそこまでだった。ホテルに戻り、りすかとツナギがアミューズメントセンターに遊びにいったところで、ぼくを訪ねてきたのは、三人目から五人目までを飛ばして、『六人の魔法使い』の最後の一人——水倉鍵だった。水倉鍵はぼくに、水倉神檎が企む『箱舟計画』の概要を語った——それはまさに恐るべき規模の企みだった、聞いていて馬鹿馬鹿しくなるくらい。何より馬鹿馬鹿しいのは、水倉りすかというその存在そのものが、その計画の鍵として組み込まれていることだった——計画への協力を要請してきた水倉鍵を、ぼくが迷いなく突っぱねたところに、りすかとツナギが戻ってきた。二人とすれ違うように、部屋を出て行く水倉鍵——直後に、異変は起きた。りすかの右手が暴れ始めたのである。焼かれた蛇《へび》のようにのた打ち回って——本人の意思とは無関係に、暴れ出したのだ。部屋を出て行く際、すれ違いざまに、水倉鍵が、ほんのわずかに、安全ピンか何かで、りすかの右手を傷つけて行ったのだという——『魔法封じ』、ありとあらゆる魔法を無効化し、発動を停止させてしまう、非魔法使い、水倉鍵の特殊能力！　身体という組織という組織、血液という血液が、魔法式で構成されているりすかが、そんな能力を行使されてしまえば——そう、にわかに慌《あわ》てたその瞬間、既に全く自制が利かなくなってしまったりすかの右腕が、すぐ隣にいたツナギに向かって、襲い掛か——

「——以上、前回までの粗筋……！」

見れば——暴れ、のたくっていたりすかの右腕が、ツナギの顔面に食い込んだところで——ようやく、その激しい動きを、停止させていた。更によく見れば——ツナギの左頬《ほお》に食い込んでいるかに見えたりすかの右拳《こぶし》は、逆に、ツナギの左頬に出現した『口』によって、その十八本の『牙』によって、無理矢理に——固定されていたのだった。

「つ――ツナギさん――」

りすかが――助けを求めるような目を、ツナギに向ける。ツナギはそれに、ぎこちなく、微笑《ほほえ》んで見せた。りすかの右腕……ツナギの『口』をもってしても――軽くいなせるような力ではないらしい。

「悪いけど――根元から一気にいくわよ、りすかちゃん――歯ァ食いしばって！」

そう言ったが早いか、ツナギは右手で、自分のシャツをめくり上げ――そして露出されたツナギのわき腹が、かぱっと開く。新たに出現した『口』――それが、二千年もの間生き続けていた魔法使い、ツナギの魔法――全身に五百十二の『口』を作ることが出来る――新たに出現した『口』が、ぎぎぎぎぎぎぎっと、呻《うめ》き声とも軋《きし》り声ともつかぬ音を上げたかと思うと――そのまま、りすかの右腕に、十八本の牙で、喰らいついた。

「………………っ！」

りすかが声にならない悲鳴を上げる。当たり前だ、自分のカッターでやったのとはまるで違う、鋭い刃物で切られたのとも違う――牙で噛《か》みつかれたのだ、その痛みは、我慢《がまん》できるような段階じゃない。そして次の一瞬には、もう、りすかの右腕は、無くなっていた。ツナギに食いちぎられたのだ。二の腕辺り――いや、肩口の辺りから、本当に一気に、一口で。血が、噴出する。ぼくは既に、自分の腰にあったベルトを引き抜いて、りすかに向かっていた。痛みに歯を食いしばるりすかを抱きしめるようにしながら、そのベルトを使って、傷口を縛《しば》る。縛り上げる。出来る限り最短、手際のよさを心がけたつもりではあるが、しかし何分こんなことはぼくにとっても初めての行いである、それに戸惑いもあった、うまくできたのかどうかは、正直、わからない。しかし少なくとも、りすかの『出血量』は、最小に抑えられたように思う。

「き――キズタカ……」

「喋《しゃべ》るな。目を閉じてろ。頭ん中で数を数えてろ」

言われた通り、すぐに黙って、目を瞑《つむ》ったりすかをぼくはそのまま抱き上げて、ベッドに運ぶ。枕を脇にどけて、寝台の上にりすかを横たえた。血でシーツが汚れることになるが、この際それは仕方がないだろう。

「はい。タカくん、これ、タオル」

ツナギから真っ白いタオルを手渡される。バスルームから取ってきたらしい。受け取って、ベルトで縛ったりすかの傷口の上から、そのタオルをぐるぐるに巻きつける。大した効果があるとも思えないが、しかし何もしないよりはマシだろう。

「だ……大丈夫かしら？　りすかちゃん」

「さあな……とりあえず、異常は収まったみたいだけれど――ツナギ、お前こそ大丈夫なのか？　ツナギ。その、異常のあった腕を、まるごと食っちまったんだから」

腕だけじゃない——右腕だったということは、その手首に掛けられていた、りすか直属の執事、チェンバリンが製作した『手錠』もまた、食べてしまったということになる。

「私は——大丈夫だよ。呪いのかけられた腐った死体を食べても、逆に祝福された聖者のミイラなんかを食べても、全然平気なんだから」

振り向けば、ツナギの身体からはもう、左頬の口も、わき腹の口も、消えている。どんな魔法も『分解』し、自分のエネルギーにしてしまう魔法——確かに、そこは心配しなくてもいいのかもしれなかった。それに——あれは、異常というより、もっと別の説明をした方がいい何かだ。

「それより、どういうことなのかしら？　何があったの？　説明してよ——タカくん。さっきのあの子が、りすかちゃんに何かを、したんでしょう？」

「ああ——今、説明するよ」

話の内容が内容であるだけに、しばらくの間はぼくの胸の裡《うち》だけにとどめておいた方がいいのかもしれないと思っていたが、しかしこういう状況になってしまえば、そういうわけにもいかないだろう。ぼくは自分の鞄《かばん》から、とりあえず熱が出たときのためにと持ってきておいた冷えピタを取り出し、りすかの額《ひたい》に貼《は》りながら、ツナギに言った。

「あいつは——水倉鍵。そう名乗った」

「水倉？　鍵？　それって——」

「ああ。『六人の魔法使い』の、最後の一人。とはいえ、あいつの立場は、人飼無縁や地球木霙とは違って——むしろ、他の『五人』を『指揮』する位置にいる感じだったな——」

「嘘《うそ》——あんな子供が？」

「ああ。子供で——しかも、人間なんだって」

「人間って——魔法使いじゃないってこと？　でも、さっき、りすかちゃん——」

「あれは『魔法』じゃない。『魔法封じ』というあいつの固有の能力——であるらしい」

自分の周囲十五メートル内において、ありとあらゆる魔法の発動を禁ずる——特殊能力。それを聞いて、ツナギは、「そんなこと——」と呟《つぶや》いた。

「そんなことが——あるのかしら。そんな能力が——存在するものなのかしら」

「それはぼくが訊《き》きたいね。少なくとも、能力そのものの存在は間違いないみたいだった——どうやらぼくの身体にかかりっぱなしになっていた、水倉破記《はき》、りすかの従兄《いとこ》の魔法式を触っただけで解いてしまったし——それに、さっきのりすかの、りすかの『右腕』の、水倉鍵との接触による、あの反応」

「ふうん――あれは、そういうことだったのね」

ツナギは頷《うなず》いて、りすかを一瞥《いちべつ》した。りすかは、さすがに腕一本を失ったのだ、どうやら意識を落としたらしい。息はただ荒く、汗も激しい。

「じゃあ――咄嗟《とっさ》のことだったとは言え、腕を食べちゃったことは、正しい判断だったのね」

「ああ。あのまま放っておけば、りすかの身体そのものが崩壊していただろうからな――しかし、予断を許さない状況だぜ」

しかも、ベルトで縛って止血だけはしたものの、そんなものでは治療とは言えない。あのまま放っておくのもまずかっただろうが――このまま放っておくわけにもいくまい。

「……『魔法封じ』か――それでりすかちゃんの『魔法陣』も、今、発動していないと、そういうことなのね――」

水倉りすかの血液に織り込まれている『魔法式』、その『魔法式』で構成された『魔法陣』。水倉りすかの大量出血を条件に発動するその『魔法陣』の効果は、体内時間の促進――『十七年』先の姿まで、水倉りすかを『成長』させること。その姿になったりすかは、一分間の限定つきとは言え、ありとあらゆる『時間』を操る、まさしく無敵最強そのものの権化《ごんげ》となるのだが――腕一本をなくしたというのに、それは十分に魔法陣の『条件』を満たすにも拘《かかわ》らず、今回はそれが起きていない。

「……やれやれ」

勿論《もちろん》、それがわかっていたからこそ、ぼくはツナギのやろうとしたことがわかった瞬間、自分のベルトを引き抜いたわけだが――しかしそれでも、もろ手を挙げて喜べる状況では、ないな……。魔法式の『崩れ』は、ツナギが文字通り、元から絶ったとは言え――

「『魔法封じ』なのだけれど」

しばらく考えた後に、ツナギが言った。

「そういう魔法――あることはあるわ」

「……ある？『魔法』が？」

「というより――そういう『理論』はある、ということかしら。誰でも簡単に使える、基本中の基本みたいな術式よ」

「そう――なのか？」

「ただし、『誰でも使えるけれど、誰にも使えない』――魔法ということに、なるのかしらね」

ツナギは言葉を選びながら言う。

「だって——その魔法自体、その魔法が発動した瞬間に、無効化してしまうのだから」

「……パラドックス構造ってわけか。いや、それよりもトートロジーって感じかな……」

なるほど——ならば、水倉鍵が、自身をあれほど強調し、魔法使いではないと言っていたわけが、理解できる。

「だから、もしも——『魔法使い』であるにしろ、ただの『人間』であるにしろ、そんな『魔法封じ』ができる者がいるとしたら——それはほとんど奇跡みたいな存在じゃないかしら」

「ふうん……厄介《やっかい》だね」

そして——これは根拠のほとんどない直感ではあるが、あの水倉鍵という少年は——厄介以上に厄介であるように、ぼくには思われる。『魔法封じ』なんていうのは、あの少年を語る上では表層の表層——プロフィールにおける血液型や誕生日程度の、どうでもいい項目であるように思われるのだ。それこそ、人飼無縁や地球木霙、あるいは影谷蛇之《かげたにへびゆき》なんかとは、ランクが全く別異の——特権的な障害であるように。

「そんな子が——どうしてこの部屋にいたの？　というか、タカくんは大丈夫なの？　何か——されていない？」

「ぼくは魔法使いじゃないからね——最初っから、その辺の心配はいらないよ。ただ

──興味深い話は、聞かせてもらった」

「興味深い話？」

「『箱舟計画』」

ぼくは言った。

「そのあらかたを──聞かせてもらった」

海を渡れない、この九州の地に生来的に閉じ込められている魔法使い──彼らが海を渡るための、方法論。それは常識的に考えれば酷《ひど》くラジカルなもので、海を渡る理由そのものを無効化するという理屈だった。つまり、どうして海を渡る必要があるのか──当然、他の場所へと赴《おもむ》くためだ。海自体には、彼らの望みはないのである。だから──こちらから行けないのならば向こうから来てもらえ──という、とても乱暴な論理展開──

「それが──大陸移動説」

「大陸移動説──パンゲアって奴かしら？」

「そう、それ。つまり──地球という惑星において一時そうであったように、全ての大陸を一繋ぎにしてしまおうって計画だったのさ」

「……確かに」

ツナギは、さすがに、呆《あき》れたような表情を作る。当たり前だ、誰であっても想定外のこんな回答を、正解として目の前に示されても、普通は受け入れられないだろう。

「でも、そんなの――どうやって」

「りすか」

ぼくは即答した。意識を失っているりすかにはまさか聞こえていないだろうが――しかしそれでも、そばにりすかがいる以上、できるだけ無感動に言葉にしたいところだった。

「りすかの『時間』の魔法を使う――地球そのものと同着し、かつて大陸が一繋ぎだった頃にまで、時間を戻す」

「……それは――えっと……」

更なる論理展開に、追いついてこられない様子のツナギ。ぼくは構うことなく続けた。

「勿論、今のりすかじゃあ、それは無理。だから水倉神檎は、一旦りすかから離れた。しかし、うまい具合に育てれば、もう十分な段階に至ったと見て――『六人の魔法使い』を、『城門』からこちら側に呼んだんだってさ。水倉りすかを――鍛《きた》え上げるために」

「そ――そんなこと!」

ツナギはそこで、憤《いきどお》りの声を上げた。それはまるで、ぼくを責めるかのような剣幕だった。

「自分の娘を――そんな風に！　どころか、それじゃあ、最初からりすかちゃんは、そのためだけに――」

「その公算は大きいだろうな」

ぼくは淡々と答えた。あくまで淡々と。感情に乱されず――淡々と。そしてまた、話を、続ける。

「さっき水倉鍵がここに来たのは、ぼくを説得するためなんだとさ――『六人の魔法使い』は、さっきも言ったように、りすかを鍛えるための、成長させるための魔法使いだったのに、全部ツナギが片付けちまうから、いっそこちらの陣営の味方になってくれないかって。この世界と引き換えにりすかとツナギを自分達に引き渡してくれないかって」

「そ、それで――タカくんは何て答えたの？」

「勿論即断で突っ撥《ぱ》ねてやったさ。見損なってもらっちゃあ困る、そんなの、一秒だって考える余地のない勧誘だ」

「…………」

疑いの目を向けられた。失礼な奴だ。

「まあ」

と、ぼくは区切りを入れる。

「以上が、さっきまでこの部屋で行われていた会話だよ——それで、ようやく、これからどうするかっていう話になるんだけれど、どうする?」

「どうするって言われても——今から追いかけてもあの子には追いつけないだろうし……追いつけても、魔法が使えないんじゃあ……」ツナギはそう言って、腕を組む。

「……いや、封じられるのが魔法だけなら——何とかならなくも、ないのかしら?」

「あいつの口振りを信じるなら、向こう側は随分《ずいぶん》、ツナギのことを警戒しているようだったぜ」

「ふうん……まあ、地球木霙の程度を見れば、そうなのかもしれないわね。でも——それでも、私にとっては、水倉鍵の『魔法封じ』はかなりの脅威だわ」

「りすかにとっては、それ以上にね」

ベッドの上のりすかを見遣《みや》る。相変わらず、息が激しい。いや、どんどんその激しさは、増してきているようだった。これは——状況的に見て、かなりまずいように思われる。

「病院に運ぶべき——なのかしら?」

「いや……下手に治療してしまうと、治るものも治らなくなってしまう。りすかの『血』には、自動修復作用があるから——このまま時間が経てば、水倉鍵が触れたことによって崩壊した魔法式や、それによって構成されていた魔法陣が機能を取り戻すはず。そうなったら、十七年後のりすかに、治ってもらえばいい」

だから――危険な可能性としては、それまでにりすかが死んでしまったら、それでおしまい、ということである。

「大体、りすかの身体って、医者に治せるものなのかな……構造自体は『人間』も『魔法使い』も同じだとは言っても、血液の成分が全然違うってことになれば、下手《へた》に輸血もできないだろうし」

「ああ……、そうだね」

「回復にどれくらい時間がかかるのかってことになるな――腕一本分となれば……」

言いながら、ぼくは、ベッドに横たえたりすかの、今は存在しない右腕を、見るようにする。ベルトの止血ではやはり完全ではないのだろう、凝固《ぎょうこ》しきらない血液が、タオルから染み出していた。そして染み出した血液が、ベッドのシーツを――

「……あれ？」

そこでようやく――ぼくは、気付いた。

「ちょっと、ツナギ――これ」

「え？ タカくん、どうし……」

手招きで呼び寄せられたツナギも、その現象を見て――絶句する。実際それは、絶句するに値するだけの、現実離れした光景だった。

そのベッドの上では、水倉りすかの血が、シーツにわずかも染み込むことなく──赤くて丸い、水滴《すいてき》を作っていたのだった。

★

★

その異常に──ぼくとツナギは、ほとんど同時に反応する。ぼくはドアに向かって、ツナギは窓に向かって、跳ねるように駆け向かった。ドアのノブに、触れる。

「…………ぐ！」

思わず──唸《うな》る。ドアは、ぼくの全力をもってしても、まるでびくともしなかった。いや、ドアがびくともしないどころの話ではない──つかんだノブ自体が、微動だにしないのだ。まるで強固な接着剤ででも固定されているが如く──ドアから少し距離をとって、靴《くつ》の底をぶつけるように思い切り蹴飛《けと》ばしてみるが、しかしというべきかやはりというべきか、衝撃が全てこちらに返ってくるだけだった。

「ツナギ！　そっちは！」

「……駄目」

振り向けば——ツナギは、窓にかかったカーテンすら、めくれずにいた。カーテンの端っこに手をかけてはいるものの——多少高級感のある分厚いそれであるとはいえ、それでもただのぶら下がっているだけの布を、動かせずにいた。

「全然駄目——まるで紙の上に描かれた絵に触っているみたい——動くどころか、停まっているっていう感覚すらない——そう、これはむしろ、『固まって』いるって感じかしら——」

「……なんだ——一体なんなんだ、これは！　何者かの仕掛けた——魔法現象か!?」

ともすると動転しそうになる心持ちを何とか抑えつけながら、ぼくはバスルームの扉に手をかける。出入り口のドアと同じく、微動だにしない。振り向いて、飾られている花瓶のような置物に触れる。動かない。力を込めて、腕の外側でなぎ払うようにしてみるが——ドアを蹴ったときと同じく、衝撃は——全て、跳ね返ってくるのだった。

「駄目よタカくん——ベッドのシーツすら、動かないみたい。テレビのリモコンも——動かない。勿論、テレビ自体も」

「ああ……」

　ここまでくれば、全てを試してみるまでもなく——ティーポットも、ダストボックスも、メモ帳もティッシュペーパーも、動かないだろう。シーツに水分が染み込みさえしないのだ。既に——この場は、とんでもない異常空間である。何が原因かはともかく——現象自体は認めるしかない。そうだ、ぼくは、これと似たような現象を、つい最近に経験したばかりだ——

「影谷蛇之の魔法——『固定』」

属性《パターン》は『光』、種類《カテゴリ》は『操作』——顕現《モーメント》は『固定』。ありとあらゆる物質を、その場に『固定』してしまう魔法——

「しかし——影谷の『固定』は、他者からの干渉《かんしょう》に関しては無力だったはず——『固定』された『ドア』や『カーテン』が、動かないなんてことは——」

それに——影谷蛇之は、既に死んでいる。ぼくとりすかが、ツナギと出会うその前に、既に突破している相手なのだ。つまり——これは影谷蛇之以外の誰かの魔法で——しかも、影谷蛇之の『固定』を超える『固定』ということ——!

「……私達の——『服』は動くみたいね」

「ああ……そうだな」

「けれど……PHSは……圏外だわ。タカくんのは、どう?」

「ぼくのも、圏外だ」

しかしこの部屋自体は圏外ではなかったはず——この部屋に来た最初にそれは、確認済みである。佐賀県を出立するにあたって、ぼく、ツナギ、りすか、それぞれに相互連絡が可能なように、ぼく達はPHSを購入している。携帯《けいたい》電話でなくPHSにしたのは、たとえば圏外の場所なんかでも、連絡が取れるようにするためだ。しかし――この状況では、そんなものは何の役にも立たない。

「鞄はどうだ？　ぼく達の持ってきた鞄は――動くか？」

「動く――みたい」ツナギはベッドの脇に置いてあった、自分の鞄のジッパーを開く。「持ち上がるし、中身も、取り出せるわ」

「となると――『動くもの』と『動かせないもの』の区別は、どうやら瞭然《りょうぜん》みたいだな」ぼくは言った。「『所有権』がぼく達にあるものは――動かせる。否……自分達に『所有権』があるもの以外は――動かせないと言った方が的確か」

「…………」

ツナギは頷きもせず、思案顔をする。二千年の人生経験の中で、思い当たる類例を探しているのだろう。しかし――すぐに思い当たるものがないということは、それだけで、悲観的になるに十分な材料だった。

「はっきりしていることは只《ただ》一つ」

カーテンと――それから、窓を見る。

「ぼく達は――この部屋に、閉じ込められた」

そう認識した瞬間――ビリビリビリビリと、ガラステーブルの方から、耳を劈《つんざ》くような音がした。その方向へ目をやれば――先程水倉鍵とのゲームに使用した、四つのダイスのすぐ横に――携帯電話があった。

「…………!?」

携帯電話――PHSでなく、携帯電話！　だから、ぼくのでもりすかのでもない――ツナギだけはPHSとは別に携帯電話を持っているが、それでもデザインが違う――いや、そもそも、あんなところに携帯電話なんてあったか……？

「え……何、あの電話……」ツナギも思考を中断し、その携帯電話へ顔を向け、表情に戸惑いを浮かべている。「あんなところに携帯電話なんて――おいてあったかしら？」

「…………っ」

いや――なかった！　さっきのダイスのときとは状況が違う――ドアが開かなかった時点で、ぼくは現象と現状を確実に認識するために、部屋を一回り、隙《すき》も漏らさずに『観察』している――だから断言できる、ついさっきまで、あんなところに携帯電話はなかった！

「……っ、しかし――」

ビリビリビリビリと、着メロでもなんでもない不協和音を奏で続ける携帯電話。この場合は——たとえこの携帯電話の正体が何であれ——出ないわけには、いかないのだろう。ぼくは慎重《しんちょう》にガラステーブルに近付いていって、携帯電話を手に取る。携帯電話は——持ち上げることが出来た。『固定』されて——いなかった。表示されている番号は——全く知らない、十一桁だった。

「……もしもし」

「えへへ——」

鼻につく、甘ったるい笑い声が——聞こえた。

「どうも、供犠さん。水倉鍵です」

「……だろうと思ったよ」

なるだけ——どんな感情も相手に伝わらないような、平坦な反応を心がける。あまり気持ちのいい手段ではないが、しかし、既に先手を打たれている状況では、そうするしかない。

「この現象は——お前の仕業《しわざ》か？」

「やだなあ——言ったでしょう？ 僕は魔法使いじゃない——そんな無茶苦茶《むちゃくちゃ》な現象は引き起こせませんよ。僕の『魔法封じ』が嘘じゃないっていうのは、二度も示してあげたでしょう？」

「…………」

「りすかさんは腕一本失ったってところでしょうか——ツナギさんがいる以上、滅多《めった》なことはなかったでしょうけれどね。しかしこれで、もっとも厄介であったりすかさんの魔法陣は発動しないということ——ですよね」

「全て——計算ずくというわけか」

「ええ。供犠さんとは違ってね」

　こちらの神経を逆なでするようなことを平然と——自然に言う水倉鍵。

「黙っているつもりは別にないんで、訊かれる前に答えちゃいますけれど——その部屋に供犠さん達を閉じ込めた魔法——それは供犠さん達が『六人の魔法使い』と呼ぶ中の『三人目』、『泥の底』、蠅村召香のものですよ——」

「蠅村——召香」

　ぼくは、その名に——一瞬、沈黙を強いられた。

「馬鹿な——蠅村召香は、大分にいるんじゃなかったのか？　大分で、ぼく達を待ち構えているって——」

　これだけの大掛かりな魔法を——遠場から、行使できるわけがない。どうしてもというなら、『魔法陣』や、応用バージョンの『魔法式』を使わざるを得ないはずだが、そんなものが部屋自体に仕掛けられていたなら、りすかが見抜いているはずだ。

「やだなあ——僕が言ったことを、そのまま信じたんですか？　えへへ、供犠さんって、とってもお人よしだなあ——」

水倉鍵は笑う。

「——嘘に決まってんじゃないですか、そんなの」

「……貴様——このぼくに嘘をついて、五体満足でいる人間が、この世に一人でもいると思っているのか？」

「いなかったでしょうね、今までは」

あくまで自然に、水倉鍵。

「『泥の底』、蠅村召香——属性《パターン》は『土』、種類《カテゴリ》は『操作』、顕現《モーメント》は『固定』——既に気付かれているとは思いますが、影谷蛇之とかなりキャラがかぶっていますね。しかし——五つの称号を持つ凶状持ちの影谷蛇之が『六人の魔法使い』には入れてもらえず、彼女は『六人の魔法使い』に入っているという点を鑑《かんが》みれば——どちらの方がよりヤバい『敵』なのか——聡明《そうめい》な供犠さんには、分かりきっていますよね？」

「……………ああ」

「供犠さん達は——もうそこから出られません。閉じ込めさせていただきました」水倉鍵は、優越感に浸《ひた》りきった口調で言った。「牢獄という奴ですね——空調設備というものがありますから、窒息《ちっそく》はしないにせよ——水も食料もありませんし、お風呂もトイレも使えませんせんよ」

「捕虜《ほりょ》に対する扱いとしちゃ、最悪どころか最低のものだな」

「そうでもありませんよ——たった一つ、条件を呑《の》んでいただければ、それでいつだって、供犠さん達のことは解放してさしあげますから」

「一つ——条件」

「ええ——ですから、僕達の味方になっ」

電話を切った。ガラステーブルの上に戻す。そしてツナギを振り返り、「何か、思い当たることでもあったかい？」と、訊いた。

「い、いいのかしら？　今、話、あきらかに途中だったんじゃ——」

「構わない」

ぼくは首を振った。

「あいつは、嫌いなんだ」

「……タカくんが、人の好き嫌いをそんなにはっきりと言うなんて珍しいわね——驚いたわ」

「この現象は、どうやら『六人の魔法使い』の『三人目』、蝿村召香って奴の仕業らしい。対象を『閉じ込め』たり、『監禁し』たりするのに絶好の魔法と言ったところだな——」

「なるほどね——それで、か」

さしずめ、牢屋番とでも形容するところだ――となればなるほど、『泥の底』とはよく言ったものである。『敵』を閉じ込め、『敵』を捕まえる種類の、いうならば箱庭タイプの魔法使い――

「だが、こんな魔法、普通ならば脅威ととらえるべきかもしれないが、ぼくらにとってはなんでもないな」ぼくはツナギに向けて言う。「ツナギの『分解』の魔法の前にはこんな『固定』――まるで意味をなさない」

ただ単純に食ってしまえばそれでいいのだ。さっきりすかの腕を食べたように、ツナギには、この世に食べられないものはない。それが『固定』された『カーテン』や『ドア』であろうと、例外ではない。どんな魔力でどんな魔法が施されていても、そんなものは全部、『分解』してしまうだけである。

「人飼無縁が捨《す》て台詞《ぜりふ》に言っていた、『ぼくは蝿村召香には勝てない』の理屈が、ようやく分かったぜ。ただの負け惜しみじゃなかったんだな……。心理戦や騙し合い、相手の魔法の隙をつくのを主流の作戦にする『人間』のぼくにとっては、こんな風に、目の前に姿を現さない主義の敵っていうのは、少し、あくまでほんの少しだけだけれど、確かに、困り者だからね――」

例の『お兄ちゃん』、水倉破記の例を挙げるまでもなく、それは、相性の問題だった。

「ただし、ツナギが味方にいる状況なら、そんなのはまるで問題にはならないさ。ツナギならその弱点を補ってくれる」

「……ああ、それなんだけれど」

しかし──そこでツナギは、なんだか気まずそうな、そいでいて、申し訳なさそうな──なんとも言えない、苦笑いを浮かべた。

「さっきから既に試しているんだけれど──その、作れないのよね」

「作れない？　何が？」

「『口』」

ツナギは言った。

「『身体』に『口』が──全く作れないの」

「……どういうことだ？」

「わからないけれど……」

「なんだよ、ひょっとして今までにもそういうことはあったのか──いや、ちょっと待て」

ぼくはツナギに近付いていって、額の絆創膏《ばんそうこう》を一気に剝《は》いだ。かなり勢いよく剝がしたので、「痛っ！」なんて、ツナギは悲鳴をあげたけれど、そんなのは無視して──その絆創膏の下を見た。

そこには、、、――口が、な、か、っ、た、。

あ、っ、た、は、ず、の、牙、の、溢、れ、る、『口、』が、な、く、な、っ、て、い、た、。

「ど……どうなってるの？　タカくん」

「『口』がなくなってる。綺麗な額だ」

「綺麗――じゃなくて、なくなってる？　『口』がなくなってるって――そんな――」

「……『魔法封じ』」

水倉鍵の――『超能力』！　しかし――だが、それだと納得がいかないぞ!?　あいつの『魔法封じ』の有効範囲は、本人を中心に半径十五メートルなのだから――それも嘘か？　違う――そんな問題じゃない。あいつが、ツナギに干渉できるくらいの位置にいるのだとしたら――この部屋にかけられている『固定』の魔法だって無効化されるはずなんだ！　しかし――試しに手を伸ばして触れてみても、カーテンはやはり、ぴくりともしない。蝿村召香の『固定』の魔法は――有効なままだ。となると――

「どういうことだ？　まさか――いつかみたいに、『食べ過ぎ』で『消化不良』を起こしたって奴か？　でも――」

ツナギの今日の食事は――『増殖』の魔法使い、地球木霙一人と――さっき食べたりすかの腕一本くらい。アミューズメントセンターへ遊びに出たときに、何かつまんだとしても――それでも容量がパンクするほどじゃない。ひょっとしてチェンバリンの手錠が何らかの……まさか、どう考えても、それはない――いくらあれが特別製であるとは言っても、ツナギに消化できないほどの特別製であるわけじゃない――いや、待てよ――りすかの腕……『魔法封じ』で、ぐちゃぐちゃにかき乱された、水倉りすかの――腕！

「ど、どうしたの――タカくん？」

「ツナギ――お前の『分解』って――『魔法封じ』もまた、『分解』できるのか？」

「え――そんなこと……言われても」

さっきぼくが大丈夫かと訊いたとき、ツナギは大丈夫だよと答えた――しかし、そこまで深く考えてそう答えたのではないだろう。ぼくもまた深く考えることなく、『分解』なのだから多分大丈夫だろうと思い込んだが――しかし、『魔法』でなく『魔法』を封じる『魔法封じ』を、『魔法』による『分解』で、『分解』できるものなのだろうか……？　魔法だろうがなんだろうが、とにかく喰らうもの全てを『分解』できるツナギとは言っても――それ自体が『魔法』である以上、根本からそれを否定される『魔法封じ』が対象となれば――

「……これも、、、計算ずくか」

消化不良というより――食中毒！

「野郎……水倉鍵！　とことん――突き詰めてまで、他人のことを馬鹿にしやがって――！」

そのとき再び――ガラステーブルの上の、携帯電話が鳴った。ビリビリビリ。ぼくは、今度は一瞬も躊躇《ちゅうちょ》することなく、番号の表示を確認することもなく、その電話に出た。

「状況を――更に認識できましたか？　供犠さん」

「……お陰さまでな」

「さすが供犠さん、物分りがよくって助かりますよ――馬鹿を相手にすると、言葉が通じなくって悲しくなりますからね。えへへ――ねえ、供犠さん。言っておきますけれど――蠅村の『固定』は、影谷のそれとは、似ているようで全く本質の違うものですよ――破る方法は、、、、、ありません」

弱点は、、、ない――と、水倉鍵。

「避けようと思えばあらかじめ罠《わな》に嵌《はま》らないように気を配るしかなかったんですよ――もっとも、りすかさんそのものが崩壊するかしないか、、、、、という状況に立たされれば、いかな供犠さんでも、いかなツナギさんでも、それどころではなかったんでしょうけれどね」

「最初から最後まで――思い通りのようだな」

「最初からはそうですけれど――最後までというのは、まだわかりませんよ。今度はちゃんと最後まで言わせてくださいね？　僕からの要求はただ一つ――僕達に協力してくださいよ、供犠さん」

「…………」

「りすかさんとツナギさんを説得して――ね」

さっきと同じ条件――しかし、置かれている状況が全く違う今、出される同じ条件は――その重みがまるで違うように、ぼくには受け止められた。協力を要請しているというよりは――あくまで単純な、屈服を要求しているように。

「僕達の『箱舟計画』には――りすかさんの力が不可欠なのですから」

「そのりすかなら――」ぼくは話しながら、ベッドの上のりすかを一瞥する。「今、ベッドの上で苦しんでいるぜ。意識もなくしている。貴様の言った通り、右腕をツナギに食われちまったからな――下手をすればこのまま死んでしまうかもしれない。そうなったら、貴様達もまた、困るんじゃないのか？」

「困りますよ。滅茶苦茶《めちゃくちゃ》困りますよ。だから、供犠さんが降伏してくれないと」ぼくの揺さぶりに、水倉鍵はまるで動じない。「りすかさんが死んで――何より困るのは、供犠さんだと思いますしね。その辺は僕としても、賭《か》けの領域です」

「賭け……賭け、だって？」

「僕は好きなんですよ。ゲームがね」

あなたもそうじゃないんですか――と、水倉鍵は嫌味ったらしく言った。

「言っておきますけれど――僕の『魔法封じ』は強力ですよ。りすかさんの『魔法陣』にしろ、ツナギさんの『口』にしろ、あと二週間は使い物にならないと思ってもらって結構――十四日もの間、無飲絶食で、果たして持つものですかねえ。冷蔵庫の扉も、勿論開きませんし――ああ、一応、供犠さんが先程コンビニで買ってきたラーメンやら何やらがありましたっけ」

二週間……！　直に触れる『魔法封じ』には、そこまでの効果があるというのか……!?　にわかには信じられない。それこそが嘘であるという疑いは、単純に考えて、強い。しかし――嘘というのには、二週間というのは、あまりにリアルな数字だった。二週間――十四日。それは――十日よりも四日多い数字だ。

「で――どうします？　供犠さん。供犠創貴さん」

「…………………」

「えへへ――さすがの供犠さんでも、これは即決即断できる話ではありませんか。安心しましたよ。これが即決即断できるようなら――僕は化物を相手にしていることになる」

水倉鍵は、冗談ではなく安心したように、そう言った。

「それでは、もしも決断がつきましたなら、表示されていた番号にお電話いただければと思います――じゃあそういうことで、一旦失礼させていただきますね」

そして今度は――水倉鍵が電話を切った。ぼくが沈黙している、その途中に。

★

★

それから二時間が経過して――その二時間の間に、ぼくとツナギで色々と試してみたが、しかし最初からある程度予想できていた通りに、その成果はあまり芳《かんば》しいものではなかった。新しい発見はそれなりに多々あったが、しかしそれは、だからと言ってどうなるという種類の発見ではなく、ただ単純に、絶望感を深くするだけのものだった。たとえば――蝿村召香の魔法によって『固定』されているのはあくまでも『固体』だけであって、『液体』や『気体』はその影響下にはないらしいということ――考えてみればそれは当然で、空気まで『固定』されてしまえば、ぼくらは身動きをすることすら許されなくなる。しかしものが『固体』となれば、それこそ空気中を漂っている『埃《ほこり》』一つだって、浮いたままで『固定』され――衝突すればこちらが弾かれる強さで、あくまでも強固に、そこにあり続けるのだった。『液体』については、ティーポットの中の『水』で確認した――どんな衝撃を加えてもティーポット自体は揺るがないが、中の『水』はたゆたっているようだった。また、これは推測に過ぎないが、固体であっても、例の『所有権』の問題から――『生物』を『固定』することは、多分、できないだろうと思われた。どんな命であっても、命はそれぞれ、それぞれ自身のもの――なのだろう。試行錯誤の幅はそんなに広くなかったが、それでも水倉鍵の言った通り、この『固定』は影谷蛇之のそれとは全く別のルールによってなされているようで、動きが『固定』されているというよりは、座標そのものが『固定』されているみたいである。つまり、物理的及び科学的見地から動かないということらしい。どんな衝撃を与えたところで、どんな圧力をかけたところで、動かない――そうツナギは断言した。動かないのでも停まっているのでもなく――固まっているのだ、と。ならば――衝撃や圧力で無理なら、と、当然行き着く発想は『着火』なのだが、持ってきた荷物の中からライターを取り出し、試してみたところ――それは無駄な行為だった。燃えるどころか焦《こ》げもしない。ぼくらの『所有物』、たとえば脱いだ上着なんかに火をつければ勿論、当たり前のように燃えるが――それをカーテンに押し付けたところで、ただ、上着が燃え尽きるだけだった。天井のスプリンクラーも全く反応しなかった。『所有物』以外で動くのは――例の携帯電話と、四つのダイスだけ。ダイスについても携帯電話についても、何らかの魔法的処置は施されていないと、ツナギは言った。ならばどうしてこれらは動くのか――あるいは、ぼくの『所有物』として、判じられているのかもしれなかった。ぼくとツナギとりすかのPHSは圏外になっているが、唯一外界に繋がっているこの携帯電話――しかしどうやら、これは発信先が限定されているタイプの携帯電話らしい。パスワードを入力しないと、指定された番号以外にはかけられないようになっている。指定された番号とは言うまでもなく水倉鍵の番号で、その他には警察や消防にすら発信できないようだった。全く、魔法使いの癖《くせ》に随分とハイテクな真似《まね》をしてくれるものだ。否――水倉鍵は、『人間』だったか……。

「くそ……暑いな」

空調設備があるから窒息まではしないものの――その空調設備が『固定』され停止してしまっているのだから、冷房機能は望むべくもない。りすかの発汗は激しくなる一方で、ツナギはその汗を、傍《かたわ》らについて、ずっと拭《ふ》き続けていた。備え付けのタオルはもう使えないので、家から持ってきたタオルで、だ(りすかの右腕に巻いたタオルは、どうやら蠅村召香の魔法発動以前にりすかの『血』が染み込んでいたため、『所有権』はりすかにあるとみなされたようで、『固定』されてはいない)。ツナギ自身も結構な汗をかいていたが、そんなことには構わずに、彼女は、りすかの汗を拭き続ける。ただし――その表情は、甲斐甲斐《かいがい》しいというよりも、ただ悲痛なそれに近かった。

「……ツナギ、どう思う？」

「どうって……何が？」

声を掛けられても、こちらを向きもしない。どうやら相当、精神的に追い詰められているようだった。人飼無縁のときもそうだったが――ツナギ、二千年も生きている癖に、案外逆境に弱いらしい。これは新たな発見だった。そう遠くない将来、ツナギとの同盟が破綻《はたん》したときには、使えそうな情報ではあった。まあ、かくいうぼくにしたって、あまりこの逆境を歓迎したい気分ではないのだが……。それに、そんな先のことを、考えていられる場合でもないか……。

「とりあえず、この部屋から、独力での脱出は不可能だという結論を、そろそろ出してもいいと思うんだけれど――しかし、だからと言って、他からの助けが期待できる状況じゃない。ホテルの従業員が手出しできるような隙を向こうが作っているとは思えないしね――となると、じゃあ、どうしたらいいと思う？」

「どうしたらも何も――」

ツナギはそこで言葉を飲み込んだようだった。飲み込んだ言葉は何だろう。分からない、だろうか。それとも、どうしようもない、だろうか。多分そのどちらかだろう。どちらにしたって、それは同じことのように思われた。

「ふん――峠も半ばを越えたところで、いよいよにしてようやく、『密室』様のお出ましってことか……勿体ぶって、ご大層なことだぜ」

ぼくは憎々しく思いながらそう呟いて、「とりあえず、今、見誤っちゃいけないことが、一つだけあると思うんだ」と言った。

「一つだけ――って何かしら？　水倉鍵が出してきた条件を――呑むか、呑まないかってこと？」

「それはもう一段階後に考えるべきことだ――今考えるべきなのは、一体水倉鍵の『魔法封じ』は、どのくらいの期間有効なのか――なんだよ」

「……二週間……じゃ、ないの？」

「それは水倉鍵本人が言ったことなので、鵜《う》呑みにするわけにはいかない――実際のところ、りすかの『魔法式及び魔法陣』と、ツナギの『口』は、どれくらい封じられたままなんだろう？　二週間っていうのは、冷静に考えてみれば――かなり眉唾《まゆつば》な数字なんだよね」

しかし、そうは言っても、やはり、嘘というにはリアルな数字――だ。リアルさが過ぎて捨ててはおけない。何故なら――

「ツナギは現在、魔法自体を封じられている――しかし、りすかはそうじゃないんだ。りすかはあくまで、体内の『魔法式』を乱され、そして『魔法陣』が構成できなくなっているだけ——意識さえ戻れば魔法は使えるんだよ」

「……ああ、そうなる——の、かしら」

「血液自体が『魔力』だからね。『魔法』が使えなくなるときは、りすかが死ぬときだ——生きている以上、魔法の行使は可能——なんだ」

ツナギは身体そのものを『変態』させてしまう、言うならば準常時発動型の魔法使いだから——そこに『魔法封じ』を施されてしまえば、『魔法』そのものを封じられてしまうことになるが——りすかの場合は理論が違う。体内の『魔法式』と『魔法陣』を差し引けば、りすかはあくまで正統派の魔法使い——それを崩されても、魔力自体は残っているし、使えるはずなのだ。

「…………」

まあ——あくまで、意識が戻れば、だけれど。

『魔法封じ』の水倉鍵の周囲十五メートル以内では、どんな魔法も発動しない、それがルールになっているが、しかし、この場合、その心配は無用だ——その十五メートルという数字にも、信じるに足る根拠はないんだけれど、幸いなことに、これについては考慮する必要はない。何故なら、りすかが『魔法』を使えないくらいの距離に水倉鍵がいたとするなら——この部屋に掛けられた『固定』の魔法もまた、無効化されてしまうから」

だから――水倉鍵は、常時発動型の『魔法封じ』の能力が、この部屋にまで届かないところに――移動しなくてはならなかったのだ。

「血液に刻まれている魔法式を使うことはできないけれど、魔法式はあくまでただの魔法の補助――呪文を最初から最後までちゃんと順序立てて詠唱すれば、りすかは『時間』を『省略』できる」

「『時間』を『省略』して――この部屋を出られるってことになるのかしら?」

「この部屋を出るのは無理だろうね――この状況で、そんな『未来』を、『想定』できやしないだろう。あくまでも『時間移動』であって、『空間移動』じゃないんだから――ただし、うまくすれば、『時間』を『省略』することによって、水倉鍵の『魔法封じ』の効力が切れている『時間』にまで飛ぶことが出来る」

「……あ! そうなったら――」

「そう――そうなれば、その頃には、りすかの身体の魔法式は勿論、それによって構成されている魔法陣も回復しているということになり、『十七年』分の『時間』を、すっ飛ばすことができる」

「さしずめ十七年バズーカってところかしら」

「そうなれば、こんな『固定』の『魔法』は関係なくなる――はずだ。十七年後、

『二十七歳』の彼女なら、あらゆる面から、こんな密室は至極《しごく》簡単に打破してみせるだろう——」

ぱっと思いつくだけでも、部屋そのものと『同着』するとか、あるいはツナギと『同着』し、ツナギの『魔法封じ』を解く——なんていう手段がある。それ以外でも、百を超える手段を、あの『彼女』なら、思いつくことだろう。最近、戦闘面では全く出番のない『彼女』のこと、フラストレーションもたっぷりたまっていることだろうし——そこは期待できる。

「あ——いいじゃない、それいいじゃない、タカくん、その作戦だったら、蠅村召香の作ったこの密室を見事に——」

「ただし」

ぼくは言った。

「りすかは十日までしか、『未来』へ跳べない」

「…………」

「本当に二週間なら、四日、足りない」

リアルな数字——だ。

「で、でも……」食い下がるように、ツナギは言う。「仮に、本当に二週間だったとしても——あと四日だけ、ここで、我慢すれば——」

「我慢、ねえ」

ぼくはツナギのその言葉を受け取り、まず反復し、考えてみる。そんなことが可能なのかどうか。結論は、あらかじめ、考えるまでもなく最初から持っていた答と、同じだった。

「我慢云々《うんぬん》の問題じゃないよ――人間が四日もの間、飲まず食わずで生きていられるわけがないんだ。今、ぼくらの手元にある食料は、そのコンビニ袋の中身だけ――それで一日くらいは持つにしたって、それからはどうする？」

「う……」

「食べ物はともかく、人間は水分なしじゃ三日も持たないって聞くぜ――ぼくは人間の普通の子供だ、育ち盛りに四日の絶食はきつい。誰よりも『水』を必要とするりすかはこの通り、下手すれば死んじゃうかもしれないって状態だし――額の『口』がなくなったところで、一番食い意地が張っているのはお前だろう、ツナギ」

「……まあ、そりゃ、確かに」

「四日間、なんとかぎりぎりで頑張《がんば》れたとしても――三人とも、相当に衰弱するだろうことは間違いない。四日っていうのは、その意味でもリアルな数字でね――そして、りすかがその最たるものだ。そんな健康状態で、果たして正常な魔法が、使えるものだろうか？」

「それに——」と、付け加えるツナギ。「それだって、本当に二週間だったら——なのよね。それより短いって可能性があるのと同じだけ、それより長いって可能性もあるんだから——」

「……ああ。そうなんだ」

なまじ——水倉鍵が、自らを嘘つきであることを、とんでもないイカサマ師であることを、ぼくらに示してしまっていることが、ここで効いてくる。勿論、それすらも計算ずくなのだろう——意味のない嘘をつき、意味のある嘘もつく、そんな敵を相手にしているという自覚がある以上——相手の言うことを、基準にはしても、やはり、鵜呑みには——できない。今ぼく達の前に立ちふさがっているのはあくまでも蠅村召香の魔法だが、根本的な障害は——どうしても、水倉鍵のようだった。

「しかも、四日の我慢って言っても……バスルームのドアも閉まっちゃってるからな……風呂もトイレも使えないときたもんだ」

「そうよね……りすかちゃんの傷口に当てるタオルを取ったときに、私、扉、閉めちゃったから……でも、開けていたとしても結局は同じことなのかしら。蛇口もコックも、『固定』されているわけだから」

「言っておくが、ぼくは同世代の女の子の排泄《はいせつ》シーンなんか、かなり真剣に見たくない」

「……別に言わなくてもいいよ、タカくん」

「いや――真面目《まじめ》な話、このままだと、ぼくらは遠からず、そういう状況に陥《おちい》るってことさ……そもそも、いくら高級ホテルとはいっても、こんな『密室』に閉じ込められて、まともな神経を保ち続けろと言う方がどうかしている。精神に変調を来たさない内に、結論を出した方がいいと思う」

だから――今一番怖いのは、いわゆる仲間割れだ。戦闘状態にあるかないかに拘らず、人の心というものは、とにかく『敵』を求めたがる――それは『目的』であったり『夢』であったり、とにかく『役目』である。『するべきこと』――『なすべきこと』、という奴だ。今更改めて言葉にするほどでもない、歴史を紐解《ひもと》くまでもなく、人間という生き物は、根本的に、かなり好戦的なのだ。否、好戦こそが、生命そのものの本質と言えるのかもしれない……。しかし、このように、『敵』が現れない状況、『するべきこと』、『なすべきこと』が、一向にない状況――そういうとき、身内に対して敵意が向いてしまうことが、ありがちなのだ。正直、ぼくの得意な作業ではないのだが――仲間割れだけは避けなくてはならないとなれば、りすかとツナギに、相当、気を遣《つか》わなければならないようだ。魔法を封じられた二人……。

「密室か……地味で遠回りで、直接的な恐怖や、あるいはダメージは、何一つないっていうのに……かなり有効な戦略じゃないか……どうやら、考えれば考えるほど、まともに相手にするべきじゃないって相手のようだな――蝿村召香」

そしてその背後に――『魔法封じ』、か。それさえなければ――りすかだってツナギだって、どうとでもできる密室ではあるのだが――こうまで綺麗に詰まされれば、敵ながら天晴《あっぱ》れと言うしかない。無論、口が裂けたってそんな屈辱《くつじょく》的な言葉は言わないが。

「で――どう思う？　水倉鍵の、『魔法封じ』」

「……二週間というのは、嘘かもしれない。でも――じゃあどれくらいなんだって言われたら、わからないわ」

「自分の身体のことだろ。何か感じないか？」

「全然」

「そっか……」

無念そうに首を振るツナギに、ぼくは、「まあ、それなら仕方がないよな」と、できるだけ軽い感じで、返した。本来ならそれなりに糾弾《きゅうだん》――もとい、もう少し追及したいところだったが、ここでは自重《じちょう》だ。

「十日間『時間』を『省略』した後で、更に『四日』分の『時間』を『省略』するって言うのは？」

「それは反則。それができるなら、最初から二週間、時間を飛ばせる」

昔、それを試したことがあるが――当時のりすかは一週間しか『時間』の『省略』ができなかったが――一週間の『省略』の後、更に三日、『省略』させてみたところ――『現在』から『三日後』まで、『省略』することになっただけだった。タイムテーブルを引いてみれば、三日後どころか、四日、『時間』を遡《さかのぼ》っただけだった。

「むう……」

「結局、問題は、『魔法封じ』から解放され、魔法陣が回復するかどうかなんだよね――それさえできれば、そんな小難しい理屈は一掃できるんだけれど」

「…………」

「……仕方ないか」

ツナギからの返答がないのを見てとって、やれやれと呟き、ぼくは手を伸ばして、ガラステーブルの上から、携帯電話を、手に取った。操作をして、着信履歴から、水倉鍵の番号を選択する。

「ちょ――タカくん、どうする気？」

「どうするも何も――もう、どうしようもないだろ。こうなったらしょうがないって奴さ。もう一段階後――だよ」

「まさか、水倉鍵に――水倉神檎に、降伏するって言うの!?」ぼくの方を向いて――ものすごい形相《ぎょうそう》で、ツナギは怒鳴った。「そんなの――そんなこと、私は絶対に許さないからね！」

「降伏だなんて——そう一元的に物事を捉《とら》えるなよ。この程度、ただの戦略的撤退だろ。ここで判断に時間をかけて、無駄に自力を消耗《しょうもう》することこそ、今、最もやってはならないことだ」

言い聞かせるように、ぼくは意識的に冷静な口調で、ツナギに言う。ツナギはぼくを強く睨《にら》みつけてはいるが、しかし——どうやら、まだ、話を聞ける程度には理性が残っているらしく、黙って、ぼくの言葉を待っている。

「さっきも話した通り——『箱舟計画』の核は、あくまで水倉りすか、ただ一人だ。りすかがいなかったら、向こう側としちゃあ何もならないんだよ。究極的には、ぼくやツナギなんて、向こうにとってはどうでもいいんだ——だが、水倉りすかに代わりはいない。そう考えれば、こちらには圧倒的にアドバンテージがある」

「それは——そうだけれど」

「水倉鍵——あいつが一番恐れているのは、ぼく達がこのまま降伏もせず、かといってこの状況を打破も出来ず——消耗して死ぬことだ。特にりすかは、平常だってヤバいくらいの大怪我《おおけが》をしている。死ぬんじゃないかってくらいのね。今一番ビビってるのは、絶対にあいつのはずなんだ」

「………」

「だから――あいつを安心させてやる。そこにこそ、隙が生じるはずなんだ。それに――向こうの条件を呑みさえすれば、それで水倉神檎の懐《ふところ》にもぐりこめるってことでもある。思惑に嵌る形だから、あまり好ましい形ではないけれど――どころか、考えうる限り最悪の展開ではあるけれど、少なくとも、水倉神檎に近づけることだけは確かだ」

「……将来、勝つために」

ツナギは渋々――のように、言う。

「ここは負けておこう――ってこと？」

「そういう言い方をすれば、そうなるな。ここでの被害は最小限に抑えたいっていうのが、ぼくの正直なところだけれどね――勘違いしちゃ駄目だよ。たとえばツナギの『敵』は、それこそ究極的には、蠅村召香でも水倉鍵でもない――最終的には、水倉神檎、なんだろう？」

そして、ぼくの最終目的は、更にその彼方《かなた》だ。こんなところで――停まっている場合じゃ、ない。固定されている――場合じゃない。

「……敵というより――仇《かたき》、だけれど」

「だったら――ここであたら、無駄に力を使うべきじゃない……それに――ぼくの見る限り、りすかの体力もかなりヤバい状況だ。そんな状態で、四日どころか、一日だって持つかどうか――」

「……分かったわ」

舌打ちをして――下唇《したくちびる》を思い切り噛んでから、ツナギは、言った。

「確かに――私としては本意じゃないけれど……ことがここに至ってしまえば――しようがないのかしらね」

「ああ。そういうことだよ。だけど、別にこれは、降伏とも負けとも、ぼくは思わない。ただの策略の一環だ」

言いながら――ぼくは、とりあえず、心の中で一息ついていた。ツナギを説得できるかどうかというのが一番微妙なところだった――下手すればそこから仲間割れに繋がっていく可能性があっただけに、慎重にことを運ばなければならなかったが……どうやら、うまくいったようだった。そうは言っても、向こうもさる者って奴で――条件を呑んだところでこの密室からあっさりと解放してくれるとは思えないが、それでも今のこの状況は、どうにかして動かしておく必要がある。交渉のポイントは、そうなると、やはり、水倉りすかということになるんだけれど、問題は、水倉鍵にとって、ぼくとツナギが、それほどの重要人物ではないということ――数時間前の勧誘にしろ、それに、水倉神檎とツナギの関係にしろ――水倉鍵にとって、それが本当に重要なことだとは思えない。水倉鍵、あいつは――そういう次元とは、既に一線を画しているように思える。奇《く》しくも奴自身が言っていた言葉——そう、あの少年は、ただ、危険なゲームを楽しんでいるだけにも見えてしまうのだ。本当に——一番ビビっているのが水倉鍵であれば——そう、水倉鍵の真意が本当にそこにあるのなら——！　いや……たとえそうでなくとも、少しでもあいつに恐怖のような感情があれば、あるいは、慢心のような感情があれば、そこにぼくの勝機があるのだが——しかし、いや、そんなことは考えるだけ休暇と同じだ。ぼくは意を決して、携帯電話の発信ボタンに親指を——

「駄目なの」

押そうとした瞬間に——そう言われた。

「認めないのがわたしなのが——その策略なの」

水倉りすかが——ベッドから上半身を起こして……青ざめたその顔で、しかしとても力強い、低い声で——ぼくに対して、そう言った。

「り、りすか——大丈夫なのか？」

「りすかちゃん——」

ぼくとツナギが、反射的に駆け寄ろうと身を乗り出したが——りすかは静かに、左腕で、それを制する。

「キズタカ」

そしてりすかは――ぼくを見る。怒っているような――感情をかみ殺し、それでも殺しきれない怒りが溢《あふ》れ出ているかのような、表情だった。なんだ――りすか、一体いつから――意識を取り戻していたんだ？　それとも――そもそも、意識を失ってなんか、いなかったのか？

「キズタカ……キズタカ。それは――駄目なの。ただの策略の一環なんてキズタカは言ったけれど――降伏だし負けなのが、そのやり方なの」

「…………っ！」

「戦略的撤退だなんて……そんな――綺麗な言葉で誤魔化《ごまか》さないで。何も、できなくて、みっともなく、ただ殺された、ただ、ただ、それだけなのに――それを作戦みたいに、言わないで」

「い――いや、しかし……」

りすかが――ここまでの言葉をぼくに向けたのは、初めてだった。りすかとはもう一年以上の付き合いになるが――こんな、殺意にも似た感情をぼくに向けるりすかは初めてだ。いや――ぼくの知る限りにおいて、りすかは誰に対してだって、ここまでの感情を向けたことは、ないはずである。だから――だからぼくは、自然、言い訳するような、そんな口調になってしまう。

「しかし……、りすか、これ以上の被害を受ける前に——この戦況を変えておかないと、後々のためには——」

「そ、そうよ——りすかちゃん」見かねたのか、ツナギが、さっきまでとは意見を百八十度変える形で、ぼくのフォローに入る。「タカくんは、私やりすかちゃんのことも考えて——」

「わたしなの！」

りすかは——それを遮るように、叫んだ。

「負けを認めるキズタカなんて、絶対に見たくないのがわたしなの！」

「……りすか」

「ここで折れたら——キズタカはこれから、追い詰められたらすぐに諦《あきら》めちゃうようになるの。よく回る頭で、言い訳をたくさん考えて、戦うこと自体をやめちゃうの。そんなキズタカなら——わたしはいらない」

りすかは語気を荒らげたまま——続けた。

「もしもそんな情けない真似をするというのなら——わたしの目の前から消えるのが、キズタカなの。そんなキズタカに——わたしは用はない」

「そんな――駄人間《だにんげん》に、用はないの」

「………………」

りすかはそう言って――ぷいっと、横を向いてしまった。ぼくからも、ツナギからも、目を逸《そ》らすように。本当に、見たくもないと、言う風に。そんなりすかに、ぼくは、考えるよりも先に――行動していた。ベッドの上に上り、りすかに近付いていって、その胸倉をつかみ――無理矢理に、こちらを向かせた。りすかは抵抗を見せたが、片腕を失っているりすかだ、体力勝負なら、まるで相手にならない。りすかの動きを封じながら、ぼくはりすかの顔面に額をぶつけるように、自分の顔を思い切り近付ける。そして、数センチの距離で――睨みつける。

「面白《おもしろ》いことを言うじゃないか――『持ち駒』」

「そっちこそ――笑わしてくれるの、『二代目』」

……何か言い返してくるだろうとは構えていたが、この女、思いの他えぐいことを平然と言ってくるじゃないか。

「……棋士に文句をつける『駒』がいるなんて――寡聞《かぶん》にして知らなかったぜ、りすか」

「『駒』に見下げ果てられるような棋士がいるだなんて――聞いて呆れるのがこのわたしなの」

「……………」

「この程度の男に仕えてきたのかと思うと、本当に下手を打ったと思うのがこのわたしなの——我が身が情けない、とっても『時間』を無駄にしたの。たかだか、絶対脱出不可能な密室に閉じ込められ、わたしとツナギさんが魔法を使えない、水も食料もないっていうだけで、それでもう、それだけでもう、負けを認めるだなんて」

「……だから——ここは一旦退《ひ》いて——早目に退いておけば、それだけ次の勝機が——」

「相手の思い通りになることが作戦なんて、そんな格好悪いことを平気で言えるのは、ただの負け犬なの——負け犬じゃなければ飼い犬なの。強い者には尻尾《しっぽ》を振って、腹を見せて——自分に牙があることすら忘れた下らない動物。動くだけの物」

「言いたいことを、言いたいように……いいか、この状況は、りすかが考えているほど、単純じゃない——」

閉じ込められているという事実よりも、それよりも、ぼくとりすかとツナギ、その三人の精神状態が——仲間割れが——いや、今ぼくが、りすかとやっている行為、これこそが仲間割れって奴じゃあないのだろうか？　どうしてだ？　そうならないように、ぼくは一旦退くことを、それも、こんな早く退くことを、決断したはずなのに——

「いいか、何らかの具体的な攻撃を受けているわけじゃないから、危機を認識しろというのは難しいかもしれないが、今現在、ぼくらはまぎれもなく、これまでで最高に追い詰められている――三人の命がかかっているところなんだ。そんな風に安易《あんい》に考えていると――」

「命もかけずに、戦っているつもりはない。その程度のものもかけずに――戦いに臨《のぞ》むほど、わたしは、幼くはないの。命がけじゃなければ、戦いじゃないの。守りながら戦おうだなんて――そんなのは滑稽千万《こっけいせんばん》なの」

りすかは――全く退かない。

「わたしは後生大事《ごしょうだいじ》にして欲しくって――キズタカに命を預けているわけじゃないの」

「りすかちゃん……ね、落ち着いて。タカくんは、私達のことを思って――」

「笑わせるって言っているのが、それなの」りすかは、ツナギの言葉に、本当に笑って見せた。馬鹿にしたように、思い切り、笑って見せた。「わたし達のためだなんて――わたしを負ける理由なんかに使わないで！キズタカがわたしを思って自分を曲げるだなんて――わたしはそんな生っちょろい男についてきたつもりはない！」

「………………！」

「傲慢《ごうまん》で強情《ごうじょう》で手前勝手で自己中で、我儘《わがまま》で冷血漢で唯我独尊で徹底的で、とにかく直接的で短絡的で自信過剰で、意味がないほど前向きで、容赦《ようしゃ》なく躊躇なくどこまでも勝利至上主義で、傍若無人《ぼうじゃくぶじん》で自分さえよければそれでよくて、卑怯《ひきょう》で姑息《こそく》で狡猾《こうかつ》で最ッ悪の性格で、優しさなんて言葉っから知らなくて——そういうキズタカにわたしはついてきたの！　一旦頭を下げてまで生き残ろうだなんて——キズタカから格好いいところを抜いて、何が残るって言うの！　勝利のための——目的のための作戦なら、幾らでも従うのがこのわたしなの——今までだってそうしてきたし、これからだってそうしていくの——でも、今のキズタカは違う！　全然違う！　今のキズタカは、ただ負けている——水倉鍵っていう、あの子に、ただ力負けした——それを認めるのが嫌だから、賢い振りをしようとしている——そんなのは駄目だ！　そんな程度で、そんな程度の小賢《こざか》しさで——」

「みんなを幸せになんか、できるもんか！」

……どうしてだか、そのとき、ぼくは——まるで、まるであの人に怒られているみたいだと——四番目の母親の名前を、思い出していた。ぼくに道を示し——ぼくの根幹を作り上げた、あの人の名前を。

折口《おりくち》きずな。

りすかは——ぼくに負けじと、絶対に自分からは折れないとばかりに、ぼくを、睨み返してくる。赤い目で、深く赤い目で、瞬《まばた》きもせずに、ぼくを、貫《つらぬ》くように、見る。

「今のキズタカは——自分だけ幸せになろうとしている。そんなキズタカは——わたしは、許さない。わたしは、キズタカを、許さない！」

そして——怒鳴る。ぼくの唇に嚙みつかんばかりに、口を大きく開けて、部屋中に響き渡るように、怒鳴り散らす。

「わたしの主なら——キズタカがわたしの王ならば、どんな戦いであっても、徹底的に戦って勝て！　戦わずに負けるなんて——そんなことは認めない！　そのときはわたしが、キズタカを殺す！　キズタカを殺してわたしも死ぬ！　それが——わたしの覚悟なの！」

「……素晴らしいぞ、忠烈」

ぼくは、とうとう根負けし——自分から、天井を見上げるように、目を、逸らした。りすかとの感情的な言い合いで言い負かされてしまったのは——多分、これが初めてだろう。なんのことはない、精神的にもっとも追い詰められていたのは——りすかでもツナギでもなく、このぼくだったということだ。このぼくが——この供犠創貴が、仲間割れを恐れて、仲間のことを思って、敵対する者に負けを認めようだなんて

——やれやれ、ぼくも随分と、焼きが回ったものだ。

「そこまで言ったんだ——その覚悟をぼくの前に示せるんだろうな？」

「キズタカの命令なら、どんなことでも」

りすかは——即答した。その言葉をこそ、待っていたかのように、歯をむき出しにした、無邪気な笑顔で。

「この身体を、好きなように使っていいの」

「ならば、安心しろ」

ぼくは言った。そして——往生際悪くも手に持ったままだった、水倉鍵の携帯電話を——電源を切って、そのままゴミ箱に投げ捨てた。

「実は最初から、考えていた策がある」

★　★

水倉りすかの魔法——属性《パターン》は『水』、種類《カテゴリ》は『時間』、顕現《モーメント》は『操作』——運命干渉系のそれは、それだけで希少価値以上の価値のある、奇跡のような魔法なのだが——しかし、それだけに使い勝手は悪い、最悪といってもよいくらいに。最終的には『十七年後』の『彼女』のように、万能万全究極の姿に至ることが既に決定されているとは言え、今現在の、十歳の水倉りすかでは、ただの瞬間移動の能力以下だ。このように、密閉空間に閉じ込められてしまえば、文字通り手も足も出ない。この部屋から脱出できている、という状況がイメージできない以上――そういう『未来』が物理的に『不可能』である以上、その座標に向けては飛ぶことはできない。水倉鍵が己の『魔法封じ』の機能を二週間と言ったために、ツナギと話した通り、それは益々《ますます》難しくなっている――が、結局のところのネックは、りすかの魔法にかかっている、その制限なのである。そのネックにきっちりと引っ掛ける形で、蠅村召香の魔法を、向こうは仕掛けてきたわけだが――しかしその理屈には、ほんのわずかに――隙がある。確かに、蠅村召香の『固定』の魔法、水倉鍵の『魔法封じ』――ツナギの『分解』とりすかの魔法式及び魔法陣の封鎖――この前提で見れば、ぼく達は降伏を選択する他ないだろう。早いか遅いか――ただの時間の問題だ。『時間』の、『問題』。だが――

「前提そのものを崩せれば、勝機はあるわけだ」

ぼくは順序だてて、りすかとツナギに――説明する。二人は揃《そろ》って、ベッドの上に体育座りでぼくの話を聞いていた。一言一句聞き逃さない、真剣な表情だ。

「まず、ぼくらの体力が、こんな極限状況じゃ二日だって持たないというところは動かせない――動かしようがない。水倉鍵の『魔法封じ』がそれまでに効力を無くせば助かるけれど――さすがにそれはないだろう」

たとえあったとしても――つまり、向こうがハッタリだけで、ぼく達を追い詰めているのだとしても――その可能性に頼った作戦を立てることなんて、さすがに無理だ。神頼みが過ぎる。

「では、どの前提を崩そうか――こう考えてみればどうだろう。りすかが『十日』しか『未来』へと『時間』を省略できないという前提を崩す――限界を超えて、たとえば十五日、りすかに『時間』を跳んでもらえばどうか？」

限界を超えて――現時点での、限界を突破して。

「ん……それは――無理――」

「――無理というほどではない。りすかにはいずれ、できることだ。できなければならないことなのだから。だから一見、これは悪くない考えのようにも思えるが……しかし――それは、水倉鍵の能力の効果が二週間であるという前提と共にある仮定でありーーそちらの頼りなさを考えると、いかにもまずい」

二週間というのが嘘であり――一週間かもしれないし三週間かもしれないし、三日かもしれないし一ヵ月かもしれない――あるいはひょっとしたら、あと一時間かもしれない。そんなあやふやな状態で的確な『未来』をイメージしろというのは、無茶な要求だ。

「だからいっそ、『魔法封じ』の効力は、永遠に続くくらいの捉え方をしておこう。

そうはっきりと思い込んで、決め付けてしまおう。あいつ自身の言った二週間という言葉は、この際完膚《かんぷ》なきまでに、無視する――」

「けれどそれじゃあ――それこそ希望がなくなるんじゃないかしら？」

ツナギからの当然の疑問に、ぼくは「その通りだ」と、頷く。

「その通りだって……」

「ただし、『未来』に関してはね」

ぼくはそこで、りすかを見る。

「ならば、『過去』に目を向ければいい――」

「『過去』にって――まさか」さすがに二千歳、ツナギはすぐに察したようで、即座に反応した。「りすかちゃんの、『省略』――いや、『操作』――」

「そういうことだ」

水倉鍵の言葉の所為《せい》で、『未来』に対するイメージを抱くのは実質上不可能――しかし、それが『過去』なら――単純に『思い出す』くらいの感覚で、イメージは可能なはず――である。実際問題――『想定』するだけならば、『未来』よりも『過去』の方がずっと簡単なのだ。既にそれは――経験してしまっていることなのだから。

「だから――りすかに『過去』に跳んでもらう。『過去』に向けてこそ――限界を超えてもらう。『過去』に――蠅村召香の『固定』の魔法がこの部屋に施されるその前に、水倉鍵の『魔法封じ』が、りすかに施されるその前に」

ざっと考えて、アミューズメントセンターで遊び終わった直後くらいに跳んでもらったらいいのかな――と、ぼくはりすかに言った。りすかは、そう言われて、ツナギにも視線を向けられて、ただ驚いたように、「そ、そんなこと……『未来』へ『跳ぶ』っていうんならまだしも」と、慌てる。

「『過去』に『跳ぶ』だなんて――そんなこと、わたし、やったことないの――うん、できたことがないの」

「知ってるよ。だができないとは言わせない」

「……………キズタカ」

「ぼくにあれだけの大言壮語を吐いたんだ――その程度のことは、やってもらう」

大体――りすかは『未来』に『十日』しか『跳べない』という前提は、そもそもおかしいのだ――りすかが、水倉神檎の『箱舟計画』で、キーパーソンとなる存在である以上、そして、『十七年後』、場合によってバージョンに多少の違いがあるとは言え、ああいった『彼女』に『成長』することが決定している存在である以上――りすかにはそれが可能になるだけの『魔法式』があらかじめ織り込まれているはずなのである。それができないのは、単純に、今の『十歳』のりすかでは、体内の『魔法式』の全てを行使することができないから――体内の『魔法式』の、ほんの一部しか使うことができないからである。りすかの血液には、『未来』へ跳ぶためだけではない、『過去』に遡るための『魔法式』も、ちゃんと存在しているはずなのに――だ。

「大丈夫だ。いずれできることで――できなければならないのは、こっちだって、同じなのだから」

ぼくは、断言するように、そして鼓舞するように、りすかの左肩に、そっと手を置く。

「あれだけの魔道書《まどうしょ》を書き写してきた――りすかの頑張りを、ぼくは知っている。未来の自分に少しでも近付くために――精一杯《せいいっぱい》努力してきたりすかを、ぼくは知っている」

「…………」

「そろそろ――できてもいい頃だ」

りすかは、そのぼくの言葉を聞いて――一回目を閉じ、深く、考えるようにしてから――、左手を動かし、腰に挿してあった、カッターナイフを――手に取った。

「キズタカができるというのなら」

そして、言う。

「わたしには、できるはずなの」

「ああ。報われない努力なんてただの徒労なんだから――一皮剝《む》けるには、いい機会だ」そう言ってから、ぼくは、一応のように、儀式のように、付け足す。「だが――

失敗すれば、死ぬかもしれないぜ」

「構わないの」りすかはそんなぼくに応じた。「キズタカのせいで死ぬことを――わたしはちっとも、恐れないの」

そして、りすかは横を向き、ツナギに、「ツナギさんも、協力してくれますよね？」と、言う。

「体内の『魔法式』がぐちゃぐちゃにかき回されちゃっている以上――別に『魔法式』を用意しなくちゃいけませんから」

「ああ、そうね――」ツナギは言いながら、ベッドから立ち上がる。「でも、跳ぶのがりすかちゃんである以上、どうしたって私には手伝い以上のことはできないけれど――それでいいよね？」

「大丈夫です。魔法式や魔法陣を描くのは、あんまり得意じゃないけれど、でも、基本は押さえています。だから、ツナギさんから見て、間違っている場所があったら、訂正して欲しいんです」

「それくらいなら、十分に力になれると思うわ――タカくんは向こうを向いていた方がいいかしらね。普通の人間が生の『魔法式』を見たら、発狂しちゃうこともあるそうだから」

「あるそうだからって……」

城門管理委員会の設立者がよく言う。だがしかし、それはその通りだったので、ぼくは蝿村召香の魔法で『固定』されているカーテンの方を向いて、その作業については、二人に任せることにした。『魔法式』を用意するといっても、部屋に元々あるものは一切使えない——たとえばペンで書くにしたって、シーツに血が染み込まなかったのと同じ理屈で、『何か』に『何か』で、文字を書くなんてことは出来ないのだ——そもそも『所有権』が自分にあるペンでないと、持ち上がることすらない。結局、そこは相談の結果、一番表面積の大きいツナギの服をりすかのカッターで裂いて一枚の布にし、そこにりすかの血液——魔法式は崩されているとは言え、魔力のたっぷりこもっている、りすかの血液で魔法式を書くことになった。まあ、りすかにしてみれば、それが正統なやり方なので、そこは何も困らない。『過去』に『跳ぶ』のも『未来』に『跳ぶ』のも、可逆と不可逆の違いこそあれ、時間軸的に限定してみるならばプラスマイナスの問題だけであり、絶対値は違わない、あくまでもイメージが可能かどうかというだけの問題だと、いつだったかりすかが言っていたし、魔法式自体が普段使用しているそれと全くルールが違うというわけではないらしいのだが、それでも何度か、ツナギからりすかに、訂正の声が入っていた——ひょっとしたら片腕だから書きづらいのかもしれない。考えてみれば、無くしたのは右腕だからな……。それはぼくを不安にさせる事実ではあったが、しかし、ここに至って作戦の変更なんてのはない――ありえない。今回は全てをりすかに任せると決めた――否。りすかを信じると決めた。危うくただの負け犬に成り下がろうとしていたぼくを、ぎりぎりのところで抱きとめてくれたりすかに――全てを委《ゆだ》ねよう。それこそ、ぼくらしからぬ最終判断であって、まるでコインでも投げたかのようないい加減さだが――しかし、ぼくはちゃんと、裏に賭けた。水倉鍵がこれをゲームだといい、これを賭けだと言うのなら――

「……………」

それにしても――『二代目』と来たか。なんだか、別に悪口でもないのに、しばらくは引きずることになりそうな言葉だな……だが、確かに、思う。父親――佐賀県警の幹部にしてぼくの父親、供犠創嗣ならば、あのとき――水倉鍵に『どうするか』を問われたときに、即決即断で――断っていたに違いない。あの程度の質問や――この程度の状況では、あの人は、全く動じやしなかっただろう。まして、降伏や負けを認めることなど、絶対になかったはずだ。そう思うと――ぼくもまだまだ未熟だ。一から出直すくらいの自省が必要である。なるほど、『駒』の声が聞こえないようじゃ――将棋を差すべきではない。そもそも、棋士を名乗るべきですらない。まあ――それもこれも、全て、この密室を脱出できたらの話だが。

「用意できたの」

りすかがそう言ったので、ぼくはベッドの方を振り返った。掛け布団の上にツナギが昨日着ていた服が広げられ、そこに円状の赤い模様——紋様が、描かれていた。一瞬、思わず見てしまったが、慌ててぼくはそこから目を逸らす。発狂してしまっては敵《かな》わない。りすかは——その紋様の中心に、両の脚で、立っていた。

「即興の魔法式にしちゃ、よく出来ている方じゃないかしら」りすかの隣で、ツナギが言う。疲労感の溢れる顔をしていた。「でも、結局は魔法式だから、本人の実力に拠《よ》っちゃうわね——魔法陣が描ければ、それが最高だったんだけれど」

「さすがにお手本なしで、それは無理なの……」

「それに相応《ふさわ》しい魔具もないしね。それはもう、仕方ないんじゃないかしら。さ——どうする？ タカくん。わたしに出来るのは、ここまで——後は、タカくんとりすかちゃんの、問題だよ」

「迷うことはない。一気にやってくれ、りすか」

「うん……」

しかし——りすかは、ここに来て、何か、逡巡《しゅんじゅん》しているようだった。俯《うつむ》き加減で、カッターナイフの刃を、『きちきちきちきちきち……』『きちきちきちきちきち……』『きちきちきちきちきち……』と、出し入れする。

「どうした？ りすか。体内の魔法式をそのまま使うんじゃないんだから、この場合、身体を傷つける必要はないんだろう？」

もし、『魔法封じ』から逃れている魔法式があって、それを使えるのだとしても、『出血』なら右腕の肩口から、十分というほどにしている。カッターナイフを使うまでもなく、ちょっとベルトを解けばいいだけである。

「ん……そうじゃ、なくって」

「どうしたよ。悩みがあるなら聞いてやるぞ」

「……さっきはああ言ったけど――キズタカ」りすかは、おずおずと――あの剣幕は一体何だったのかと言いたくなるほどしおらしい態度で、言った。「もしも――わたしが、失敗して――わたしが死んじゃったりしたら、そのときは――」

「ああ、心配するな」

ぼくは、りすかの質問を先回りして、答えた。

「どんな手段を使ってでも、りすかの仇は討ってやる。水倉神檎の首根っこを引っつかんで――りすかの墓標に、土下座させてやるさ。だから――見事に覚悟を、示して見せろ」

「ぼくのために、笑って死ね」

りすかは、言われた通り、勝気に笑って――

「えぐなむ・えぐなむ・かーとるく　ら・まぎなむ・らい・まぎなる　えぐなむ・えぐなむ・かーとるく　ら・まぎなむ・らい・まぎなる　えぐなむ・えぐなむ・かーとるく　ら・まぎなむ・らい・まぎなる　えぐなむ・えぐなむ・かーとるく　ら・まぎなむ・らい・まぎなる　えぐなむ・えぐなむ・かーとるく　ら・まぎなむ・らい・まぎなる　えぐなむ・えぐなむ・かーとるく　ら・まぎなむ・らい・まぎなる　えぐなむ・えぐなむ・かーとるく　ら・まぎなむ・らい・まぎなる――」

呪文の詠唱を、開始した。

「えぐなむ・えぐなむ・かーとるく　ら・まぎなむ・らい・まぎなる　えぐなむ・えぐなむ・かーとるく　ら・まぎなむ・らい・まぎなる　えぐなむ・えぐなむ・かーとるく　ら・まぎなむ・らい・まぎなる　えぐなむ・えぐなむ・かーとるく　ら・まぎなむ・らい・まぎなる　えぐなむ・えぐなむ・かーとるく　ら・まぎなむ・らい・まぎなる――」

「────っ！」

繰り返し、繰り返し、その効力が生じるまで、思いを込めて、りすかは繰り返し、呪文を詠唱して──そして、──大きく叫び、カッターナイフで印を切ったかと思うと、展開された魔法式の上から──その赤い姿を、消失させた。ぼくは一瞬たりとも目を離さなかったのに、りすかが一体いつ、どの瞬間に消えたのか──否、『跳んだ』のか、全く分からない。気が付いたときにはもうそこにはいなかったし、気がつく前からいなかったようでさえあったし、どころか、最初からそこにはいなかったのではないかと思えるくらいに、徹頭徹尾で、りすかは──この密室の中に、気配すら残していなかった。

「……………ふん。やれやれ」

ベッドの上に広げられた──ツナギの上着に記された、魔法式だけがそこにある。ツナギはその上着を、素早く、内側に織り込むように、折り畳《たた》んだ。どうするのかと思えば、そのまま自分の鞄の中に仕舞うようだった。魔法式だから、いつか再利用するつもりなのかもしれない。ツナギは鞄のチャックを閉じると、ぼくに近寄ってきて、

「それで」

と、言う。

「実際のところ、どうなのよ？」

「どうって」

「成功確率って奴――タカくんは、どれくらいと読んでいるのかしら？　りすかちゃん、取り敢えず、『跳ぶ』には『跳べた』ようだけれど――」

「まだわからないさ。『跳ぶ』くらいのことは、これまでだって、やろうと思えばできたことだった……単にやらなかっただけだ。何故なら、時空の狭間《はざま》で永遠に迷子になってしまうって線もあるからね――というより、その危険性が一番高い。魔法が発動するかどうかよりも、どう発動するかって方が問題なんだ――それに、もし『過去』に跳べたとしても、『過去』のどこに『跳べた』かって問題も残る――まあ、うまくいってくれればお慰みだとは思っているよ」

「うまくいけば――ね」

「閉じ込められて――魔法式の用意にも結構時間かかっちゃったから、そうだな、最低でも三時間、遡れれば合格ライン――それくらいなら決して無理な数字だとは思わないけれど」

「だから、確率でいうと？」

「確率ね——そうだな、確率でいえば、大体、コインの裏が出る確率くらい——かな」ぼくは言った。「ただし——水倉鍵としては、それよりもずっと高い確率と読んでるとは思うぜ。恐らく——九十パーセント以上、だろう」

「……でしょうね」

ツナギは頷いた。なるほど、やはり——ツナギは気付いていたか。りすかはともかく、ツナギが大した議論もなくこの案を呑むというのは、少しおかしいと思っていたのだ——そう、そしてそれこそが、早い段階で思いついていたこの案の実行を躊躇《ため》った、拒絶したかった、大きな理由でもある。

「『六人の魔法使い』がりすかちゃんを成長させるために集められ——『箱舟計画』がりすかちゃんの促成栽培《そくせいさいばい》プロジェクトなのだとしたら——今回のこれもその一環として考えるのが自然なわけよね——ということは——」

「そう」

ぼくは言う。

「水倉りすかを『過去』へと『跳躍』させる——この答こそ、水倉鍵がもっとも望んでいたものであると見るのが妥当だろう」

ゲームで——賭け。至極、真っ当である。大陸移動説を前提とした『箱舟計画』——そのためには、りすかが『未来』にしか『跳べ』ないのでは、まるで話にならない。順当なステップとして——りすかには、『過去』へ、『跳ぶ』ことを、彼らとしては覚えてもらわなくてはならないのだ。だから——水倉鍵が望んだのは、ぼくらの降伏なんかじゃなくて、むしろ——この追い詰められた状況でりすかが、次の段階へと移行すること——!

「元々、魔法っていうのはフィジカルじゃなくてメンタルなものだからね——できると思えばできるし、できないと思えばできない。そんなとんでもない精神論が、当たり前のようにまかり通る世界なんだ。ま……ツナギにこんなこと言っても、釈迦《しゃか》に説法だろうけど、りすかってのは、あれで結構、聡《さと》いところがあるからね——」

と、言うより——聡くあろうと、猫を被っていると、言うべきなのかもしれない。ぼくに向かって噛み付いてきた、ありすか——あっちのりすかの方が、本当だ。

「自分で線を引いちゃうところがある。自分の領域はここまで、今日はここまで、明日はここまで——みたいにさ。できることとできないことの区別を、きっちりつけたがる——もっともその半分はぼくの責任なのかもしれないけれどね」

元々、神にして悪魔、全にして一、『ニャルラトテップ』、水倉神檎を追って、単身故郷を飛び出してくるような無鉄砲さだ——賢明の二文字からは程遠い。あの年齢で、乙《おつ》種魔法技能免許を取得しているのは——天才性よりもむしろ、無謀性によっている。けれど、最低限の労力で最大限の効果を挙げる——もっとも効率のよい手段で敵を打破する、そんなこのぼく、供犠創貴のやり方に、一年以上付き合ってきたら……そりゃ、いい意味で怠慢《たいまん》にもなる。ぼくはずっとりすかに、楽にやる方法を教え続けてきたようなものだ——しかしそれは、そうはいっても——だ。

「不登校になってまで、ずっと魔道書の写本を続けてたんだぜ？　ぼくだって、あんなことは頼まれたってやりたくない。それだけの努力が実らない方がどうかしている——りすかは既に、その資格は十分に持っていた。あとはただ、誰かが背中を押してやるだけだったんだよ——」

本来——その背中を押す役割はぼくのものであるはずだったのに——こうもお膳立てを整えられ、それしかないというような答をあらかじめ用意されてしまっていては——そうするのに抵抗があろうというものだ。いや、どう考えても——どう自分に甘く採点しても、今回、水倉りすかの背中を押したのは、供犠創貴ではなく、水倉鍵ということになるのだろう。そう——そう考えれば、今回水倉鍵がとった、一種不合理とも一種不条理とも言える、支離滅裂な行動にようやく説明らしい説明がつくのだ——ぼくに『箱舟計画』のあらかたを示したことといい、水倉破記の魔法式を仰々《ぎょうぎょう》しくも解いて見せたことといい——そして例のゲームであんな人を馬鹿にした仕掛けを打ってきたことといい……何のことは無い、あいつは最初っから、ぼくを勧誘するつもりなんかなかったのだ。言った言葉に嘘はなくとも、最初っから、ぼくを仲間に引き入れるつもりなんて――引き換えに世界を渡すつもりなんて――連中には、全くなかった。さすがに思ってもなかったのだろう、あんな取引に、ぼくが即断で答を出してしまうことなんて……だからあんなゲームに、あんな形で、水倉鍵は乗っかってきたのだ。あれはただの、『時間』稼ぎ――りすかとツナギが部屋に戻ってくるまでの時間稼ぎに過ぎなかった。合理的に、不自然な形でなく、りすかとすれ違うためだけに――！

「影谷蛇之のときと同じだ――ゲームというより、これはパズルだ。あまりにも、問題に対して解答が、きっちり嵌り過ぎている――気に入らない。まるで、手のひらで踊らされているようだ――」ダイスでのあのゲームのことといい、蠅村召香のことといい、水倉鍵は、どうやら徹底して、相手と同じ土俵に立つつもりは――ないらしい。あくまでも見下すことでしか、他人には接せられないとでもいう風だ。「だが――しかし、まあ、いいさ……相手の思惑に嵌らないために負けるよりも――たとえ思惑通りであっても、ここは勝たせてもらっておくとしよう――」

けれど、水倉鍵――貴様の処遇はたった今、決定した。何があっても覆《くつがえ》らないほどに、どうしようもなく決定した。貴様は死刑だ――ぼくは貴様を絶対に許さない。貴様はこのぼくを――弄《もてあそ》んだ。このぼく、供犠創貴を侮辱《ぶじょく》した。その罪は――歴史上で人類が犯してきたどの罪よりも、遥かに重い。貴様はこの供犠創貴が、己が手をもって直々に、くびり殺す——

そして——部屋のドアが、開いた。

蝿村召香の魔法によって『固定』されているはずの、それ以前に、オートロックで鍵がかかっているはずのドアが、向こう側から、開いた。確認するまでもない——部屋に入ってきたのは、『赤き時の魔女』、水倉りすかだった。その称号通りに全身が真っ赤な血に染まっている——しかしそれらは、りすか自身の血ではないだろう。ぼたぼたと、まるでそれ自身から血液が溢れているかのように、左手に握られたカッターナイフからも赤い液体が滴《したた》っている。そして——チェンバリンの手錠こそないものの、ツナギに食われてしまったはずの右腕が再生していて、そちらの手には——女の生首が、長い髪の毛をむんずと握る形で、つかまれていた。

「ただいま……」

りすかは——ふらふらとした足取りで、ぼくとツナギの方に歩いてきて——その生首をガラステーブルの上に、どかりと置いた。そのまま反転して、ふらりと、重力に任せて、りすかはベッドに倒れこむ。ベッドは——りすかの全身を受けて、その形に、沈む。全身を彩るその血が——シーツに、じわじわと染み込んでいった。それ以上確認するまでもなく――『固定』の魔法が、解除されている。ということは、これまた確認するまでもなく――この生首は……『泥の底』、蝿村召香の――残り滓《かす》か。

驚愕《きょうがく》と恐慌に満ち満ちた、その生首の表情は――ぼくらに勝利を確信させるものだった。

「その様子からすると、どうやら、魔法陣は使わなかったようだな――りすか」

「ん……」りすかは、天井を見上げたままで、ぼくに応える。「ちょっと苦戦したけど……まあ、その……いつも通り、キズタカの言う通りに――楽勝だったの」

「そりゃ――よかった。何よりだ」

「手錠……チェンバリンに、新しく、作ってもらわなくっちゃ……」

そうそう、その首はお土産《みやげ》だから、ツナギさん、おなかが減ったら食べちゃってください――と、りすかは言った。ツナギは苦笑して、『口』が復活するまで冷凍保存でもしなくちゃね――と、応えた。

「キズタカ……」

「どうした」

「何か言ってよ」

「……ああ」

ぼくは、ベッドの脇まで近付いて行って、りすかの額の辺りをわしづかみにし、そのまま、ぐいぐいと、ベッドに押し付けるようにした。

「よくやった。貴様はぼくの誇りだ」

言葉を飾らず、そのままの心境を口にする。

「褒《ほ》めて遣わす。これからも——同じようにしろ」

「勿論……そうさせてもらうの」

りすかは——にっこりとした笑顔を見せて、疲労を滲《にじ》ませながらも、それでも気丈に、ぼくに言った。

「キズタカの全てを許せるのなんて……世界に、わたしくらいなんだから……だから、これからも——」

「わたしに許される、キズタカでいてもらうの」

『六人の魔法使い』——その三人目、蝿村召香は……考えうる限り最良の形で、打破することができた。りすかの『魔法』、『時間操作』もこれで新たな領域に突入したし——ツナギにかけられた『魔法封じ』にしたって、この後、りすかの魔法陣を発動させれば、二十七歳の『彼女』によって解除することが——可能だろう。これで、水倉鍵を含めても、『六人の魔法使い』は残り三人……『白き暗黒の埋没』の塔キリヤと、『偶数屋敷』の結島愛媛――その後ろには、いよいよ、『ニャルラトテップ』、水倉神檎の姿がある。りすかが何年にもわたって追ってきたその姿が――ツナギが二千年にもわたって追い続けているその姿が、現実のものとして――そこにある。最初の頃のことを思えば、既に、今、この位置からでも、手の伸ばし方次第では、届いてしまいそうなほどの――距離だ。勿論、喜んでばかりはいられない――と、言うより、とてもじゃないが、喜んでいられるような状況ではない。少なくとも手放しでは喜べないだろう――この状況は、ほとんど、水倉鍵、あの少年の思った通りの仕上がりなのだ。りすかのことも、ツナギのことも、そして――このぼく、供犠創貴のことも。しかし――水倉鍵はそれでも、一つだけ、大きなミスを犯した。なるほど、確かに水倉鍵の思惑通り、りすかは『過去』へ『戻る』魔法を手に入れた――これは『箱舟計画』という観点からみれば、大きな前進だろう。この地球を、大陸を、原始の唯一だった時代にまで遡らせてしまおうというその計画は――順調に進んでいると言っていいだろう。だが水倉鍵――水倉鍵にとっては『箱舟計画』の一端に過ぎない、一つの成果に過ぎないそれが、ぼくにとってどれほどの意味があるのか――あいつは、果して把握《はあく》できているのだろうか？　不可逆の時間を、遡れるということ――りすかが、『未来』を『省略』できる上に『過去』へ『跳躍』できる――そうなれば、ぼくの行使できる戦略の幅が、一体どのくらい膨大な広がりを見せることになるのか、あの少年はどこまで理解できているのだろう？　それに——どうなんだ？　ぼくがどう行動するか、どう選択するかは、ある程度読めていたかもしれないが——水倉鍵、貴様には、りすかのあの激昂《げっこう》が——予想できていたのか？　あれは予定通りか？　あそこまで、思惑の中か？　もしもそうでないのなら——りすかの気性を計算の内に入れていないというのなら、まるで貴様は——開けっ放しのごとく、隙だらけだぞ。貴様は——ぼくのことを、こともあろうに、お人よしなんて言いやがった。何人たりとも、供犠創貴のことをそんな風に言う者を、ぼくは許さない——いいだろう。水倉鍵、『魔法封じ』の非魔法使い——『人間』！　貴様は残る二人の魔法使い、塔キリヤと結島愛媛を存分に使い——ぼくに対して向かって来い。ぼくは同じように——水倉りすかと繋場いたちの魔法を十二分に発揮《はっき》させ——貴様を殺す。極めて例外的なケースではあるが——供犠創貴は、水倉鍵を、ただの障害として以上の敵として、認識する——

「さ……とりあえず、期せずして連戦になっちゃったけれど、ひと段落ついたって感じかしら……タカくん、これからどうする？」

「どうするって——まあ、とりあえず……佐賀に帰ることにしようか。城門管理委員会に、何か新しい情報が入っているかもしれないし——どちらにしろ、ここに留まるのは危険過ぎる」

「そうね——でも」

「ああ、分かってるよ」

ぼくはりすかの額から、ゆっくり手を離す。りすかはよっぽど疲れていたのか——さっきの言葉を最後に、ぐっすりと眠ってしまっていた。ただただ穏やかなばかりの呼吸で——目を閉じている。血まみれの姿でありながら——それはとても安らかで、満ち足りているように——見えた。

「もう一泊、してからだ」

りすかを使うのは、ぼくだけでありたい。

強くそう思わせる——彼女の寝顔だった。

《Keep Out》is Q.E.D.

第九話　夢では会わない!!

一九四五年八月六日午前八時十五分、原子爆弾はまず広島県広島市の中心部に向けて投下された。B29という型の爆撃機から落とされたその原子爆弾はリトルボーイという名前だった。ちなみに爆撃機の名前はエノラ・ゲイ。その、たった一発の兵器により街は壊滅的な被害を受け、被爆直後に倒壊していなかった建造物はほとんど皆無だったという。有名な原爆ドームの現存が、逆に被害の大きさを感じさせる。爆発の被害だけでなく、その後の放射能による被害もまた、等しく語られなければならないだろう。原爆症――この国でまともな教育を受けていれば、知らない者はいない言葉だ。単純に数えただけでも十四万人以上の死者を出し、後遺症まで含めた被害者の数となれば、把握《はあく》することさえ難しい。そして、そのたったの三日後――このぼく、供犠創貴《くぎきずたか》が過ごす佐賀県のお隣さんである、長崎県に、戦争史上二発目の原子爆弾が、続けて投下されることになる。ボックスカーと名付けられた、同じくB29から投下されたその原子爆弾は、ファットマン。一九四五年八月九日午前十一時二分のことだ。

死者七万四千人、負傷者七万五千人、やはりそれも単純計算で、後に残された深い禍根、爪痕のほどを知ろうとすると、絶望的な気分を味わうことになるだろう。今のところ、戦争に使用された核兵器は、後にも先にもこの二発だけということになっている――ぼくとしてはこの『後にも先にも』という文言を将来に亘って変更する必要がないことを、強く望む。ところで、たった三日の時間差しかないとは言え、先に被害にあったからだろうか、全国的に見れば、そして世界的に見れば、原子爆弾、原爆、核兵器と言えば、長崎よりも広島を先に連想する人間が多いようだ。信じられないという以前に冗談のような話だが、原子爆弾は広島に落とされた一発だけだと思っている日本人が少なからず実在するというのである。佐賀県在住のぼくのように、身近な者は、むしろ長崎の被害に共感するところが大きいのだが――要因としては、単純な死者の数に倍くらいの開きがあるというのも関係しているのかもしれないが、それは当時の両都市の人口の差でしかないように思う。無論、どちらも等しく被害者であって、被害の大きさを較べあうことには何の意味もない。だが――たとえば、長崎に落とされたファットマンが、人類で初めて開発された原子爆弾と同じタイプのものであることや、数ある候補地の中で長崎が爆撃地に選ばれた理由を考えると――ぼくとしては、住んでいる場所が近いということを差し引いても、長崎の原爆被害について、考えさせられるものがあるのだった。ちなみに、広島に落とされた原子爆弾と長崎に落とされた原子爆弾とでは、種類が違う。広島に落とされたものはウランを使用したガンバレル方式で、長崎に落とされたものはプルトニウムを利用したインプロージョン方式である。どちらも最悪なことに違いはないけれど、まあ、投下する立場からすれば、初めてのことだから色々試してみたかったというところなのかもしれない。当時の日本がポツダム宣言を受諾し、八月十五日だかに降伏していなければ、三発目の原子爆弾を落とす予定があったという説があるのだが、もしそうなっていたらどんな原子爆弾がどこの都市に落とされていたのだろうか——想像するだけで気分が悪くなるような話である。

「あれ？　供犠くんじゃない」

「…………」

背後から声を掛けられたので、ぼくは音を立てないようにそっと椅子《いす》を引き、身体を半分ねじるようにして、後ろを振り向いた。そこにいたのは、二年前、三年生のときに同じクラスだった在賀《ありが》だった。在賀織絵《おりえ》。学年でも有名な、人気者というか、才女である。五年生の今現在まで、彼女と同じクラスになったのは三年生でのその一回だけだが、しかしその一年間みっちりと、ぼくが委員長で在賀が副委員長、共に一生懸命頑張《がんば》ってきた仲であるだけに、それからクラスが別々になっても、こうやって、互いに見かければ、声を掛け合うくらいの仲ではある。

「やあ、在賀さん。今日も可愛《かわ》いね」

「そういうのってセクハラじゃん？」

「可愛いといっても、ぼくの次にだけどね」

「……いや、セクハラではなくなったけれど」

「冗談だよ。在賀さんの方が可愛い」

「……何してんの？　供犠くんが図書室にいるなんて珍しいじゃない」

「ん？　珍しいだなんて失礼だな。ぼくだって、調べものをしなくっちゃいけないことくらいはあるさ」

「それが驚きなのよ。供犠くんなんてのは、本なんか読まなくったって、何でも知ってそうじゃない。あらゆる知識を、既に網羅《もうら》しちゃってるっていうかさ」

「買いかぶりだよ。こうやって」

ぼくは、更に椅子を引くようにして身を避けて、机の上に並べていた、その辺りの本棚からかき集めてきた十三冊の本を、在賀に示す。

「どこかから持ってきた知識を、そのまま受け売りしているだけなんだ。実際のところ、あっぷあっぷの四苦八苦だよ。見栄を張るのも楽じゃないってところかな」

「謙遜《けんそん》しちゃってまあ。買いかぶりっていうか、可愛こぶりっこって感じだよ。そういった意味では、確かにわたしよりも供犠くんの方が可愛いのかもしんないね。わたしなんて、夏休み以外は本なんて読まないよ。まんが専門」

思わず、じゃあ何で図書室にいるんだと訊《き》きそうになったけれど、そう言えば、在賀は今年、図書委員になったと言っていたような気がする。そうだ、学級委員じゃなくて図書委員だということに、ひどく驚いた覚えがある。どうしてそんなことを失念していたのだろう、ぼくらしくもない。ちょっと読書に熱中し過ぎて、ぼくとしたことがあてられてしまっていたらしい。

「んー。ただ字ばっかりなだけじゃなく、難しそうな本を読んでるね。難しそうっていうか、小難しそうっていうか。おや？　これは小説じゃない。井伏鱒二《いぶせますじ》、『黒い雨』？　聞いたことがあるような、ないような……」

「国語の時間に習ったはずだよ」

ぼくは習う前から知っていたし、既に読んだ本ではあるが、何せ五歳のときに読んだ本だ、いい機会だから再読しようと、とりあえず並べておいたものだ。たとえ一字一句違《たが》えずに記憶していても、本を読むという行為はそれだけで、思い起こすのとは違う感慨があるのである——これはぼくに限ったものかもしれないけれど。

「そう言えばそうだったような。えーっと、どんな筋だっけ？」

「原爆文学だよ。一九六六年の本。だから、時代的にもかなりリアルな話だぜ。今の作家連中には、こういうのは書けないだろうな」

もっとも、この本は、長崎ではなく広島の悲劇を描いた小説だけれど。『黒い雨』——原爆投下後、街に降り注いだという、放射能を含んだ、黒い雨。その凄惨さは、いつか騒がれていた酸性雨なんかの比ではない。

「えっと……あ、わかった。供犠くん、来週の課外授業のための予習をしているのね」

「そういうことだ」

来週、ぼく達、ぼくや在賀を含めた市立河野《かわの》小学校の五年生約二百人は、長崎県長崎市の平和公園へ、課外授業に向かうことになっている。目的地はそこだけでなく、他にも色々見ることになっているが、メインはそれだ。ぼくはクラスの学級委員長として、その下調べ、下ごしらえに、放課後のこの時間を、西校舎一階の図書室で費やしていたということなのだ。

「ふうん……それで、ね」

「ま、先に知っておくと、向こうで戸惑うことも少ないだろうからね。折角《せっかく》の機会だから、手順を間違えて時間を無駄にすることなく、ちゃんと見て回りたいし」

「はあ……相変わらず勤勉だよねえ。いくら学級委員だからっていっても、そういうのって普通は担任の先生の仕事じゃないの？」

「任されてんだよ」

「いいように使われてるだけじゃないの？」

「それでいい」

興味深いしね、とぼくは言った。実際、その言葉に嘘はないし——ぼくがこうして苦労した分、クラスのみんなが豊かな体験ができるというのなら、それは自己犠牲ですらない。ぼくがぼくのためにやっていることだ。

「しかし、小学校の図書室じゃどうにも限界があるんだよな……日本の文献ばかりを読んでも知識が偏《かたよ》りそうだから、できれば海外における原爆に関するの知識も手に入れておきたいんだけれど——そうだ、在賀さんも何か読んでみるかい？　その『黒い雨』だって読んでおいて損はない小説だぞ？」

「小説はちょっと……そういう字の細かい本もあんまりなー」

「じゃあ、あの辺にまんがもあるぜ。日本史がどうたら世界史がどうたら言ってる、シリーズ本の一冊に、確か原爆関連の奴があったはずだ」

「図書委員よりも図書室に詳しいのね、供犠くん」

苦笑する在賀。

「でも、まんがで勉強するのって、なんか頭悪そうだから、嫌」

「我儘《わがまま》な奴だな……」ぼくは肩を竦《すく》める。「まあいいや。明後日《あさって》くらいまでに、ここにある本、ぼくがレジュメにまとめて、クラスのみんなに配る予定だから、在賀さんにも一部配付してあげるよ。それを読んでおけばいい」

「供犠くんのそういうおせっかいなところ、わたし、好きだよ」

冗談ぽく言う在賀。そしてぼくに近付いてきて、ぼくが先ほどまで書いていたノートを覗《のぞ》き込むようにする。まだ、単純に写しただけのたたき台なので、今の段階で人に見られるのは正直抵抗があるのだが、まあ、在賀ならいいか。

「……なんだか、さあ」

しばらく読んだところで、在賀は言った。明るく振舞うことを常としている彼女にしては珍しい、暗い調子の声だった。

「こういうのって、やだよね」

「うん？」

「なんか、怖い」

「……戦争だからね」在賀の気持ちを察し、それを先回りするように、ぼくは答える。「逆に、こういうのを見て気持ち悪くならない奴は、人間として駄目だと思うよ。現実を見ないことと現実に嫌悪を感じることは、違う」

その気持ちに罪悪感を覚える必要はないよ、とまでは、言わないことにしておく。

それはちょっと、干渉《かんしょう》のし過ぎだろう。

「……誰が考えるんだろう、こういうの」

「『マンハッタン計画』って言ってね。出だしはアインシュタイン博士の提言があったからだと言われているけれど」

「アインシュタイン博士って……あの天才の？」

「天才ね。確かに、天才なんて概念がこの世界にあるんだとすれば、彼は間違いなくその一人だろうな。でもまあ、天才である以前に人間だからね。色々と思惑はあるさ。彼も殺されそうになって、ドイツから命からがら逃げ出したんだけど……」

「前に供犠くんが話してくれた……ノーベル賞のノーベルさんがダイナマイトを作った、みたいなものなのかな？」

「それとは少し違う。でもまあ……ぼくとしては、そういうのって個人の責任を問うても仕方のないレヴェルの話だと思うけれどね。誰かがやらなければ他の誰かがやっていただけなんだろうから。大きな流れの一環だよ。そう、状況というよりは環境の問題だね」

それを言えば、戦争自体がそうだけれど。

「人殺しや人権侵害という問題だけで語るなら、日本も大陸の方で散々酷《ひど》いことをやらかしているわけだし……とは言え、だからって、目には目を歯には歯をというのには、原爆はちょっと目に余るかな……歯にも余るね。どうも調べる限り、正義の理由で落とされた兵器じゃないみたいだし」

「正義じゃないの？　でも、供犠くんの言った通り、第二次世界大戦って日本が悪いことをしたんでしょう？」

「したよ。至極《しごく》単純な理解だが、その通りだ。教科書に載っているようなことや教科書に載っていないことも含めて、全部合わせれば、この国がどれだけ悪いことをしてきたのかわからない。でも、そうは言っても、原子爆弾がいいことをしたわけじゃないさ。パワーゲームでない戦争なんかないんだから、二元論の善悪で戦争を語ることは、何よりもやってはならないことなんだ。少なくとも有史以来、正義の戦争なんてものはこの地球上で一度も行われていない……行われてきたのは常に侵略戦争だ。植民地政策と先住民虐殺《ぎゃくさつ》を繰り返してきた当時の列強大国に、その理由で原爆を落とされたくはない。勿論《もちろん》、どう言いつくろっても、日本の戦争責任そのものは否定できるわけもない、同盟国がやったことに対してだって、決して無責任じゃないはずだ――しかし、それは人間の問題だよ。原子爆弾は、最早《もはや》、地球に対して、使っていい兵器じゃないだろう。だから、来週ぼくらが知るべきなのは、原爆自体が持つ問題……、原子爆弾による被害者の多さじゃなくて、それを中核に含む、原子爆弾の被害の大きさだから」

「確か、日本には核兵器ってないのよね？」

「うん、非核三原則。世界唯一の被爆国としては、まあ、当然と言えば当然だろうね。そういう原則があるからこそ、一応の面目を保って、ぼくもこうして、原子爆弾に対してものを言うことができるってわけだ。持たない、作らない、持ち込ませない――最後の一項目は微妙なところだと、どの本を見ても書いてあるのが、残念な感じだけれどね。しかし、実際的には、世界から核がなくなることはないんだろうな……」

「戦争になったら、また使われる？」

「第二次世界大戦の頃とは違って、もう核兵器は秘密兵器じゃないから、それは一概には言えないと思うけれど――やったらやり返されかねないからね。パワーゲームを押し通すには、大国がそれぞれに力を持ち過ぎている。ありがちな言い方だけれど、人間の持っていい力の範疇《はんちゅう》を超えているよ。それこそ地球が滅びかねない」

それでいいという国は、さすがにそうそうないだろう。地球そのもの、世界そのものに、なくなってしまえと言える人間なんて、どんな文化圏であったとしても、そうそういるものではない。

「ふうん……供犠くんと話してると勉強になるな」

「勉強は自分でするものだぜ」

そう窘《たしな》めたところで、手首に巻いていた腕時計のアラームが鳴った。四時。これで今日、火曜日の放課後、二時間の自由時間を、使い切ってしまったようだ。ラスト十五分は、在賀との雑談に使ってしまったが――まあいい。その程度の余裕はある。余裕のない、ぴりぴりとした人生を送るつもりは、ぼくにはない。ぼくは筆記用具とノートを、鞄《かばん》の中に仕舞う。

「悪い。在賀さん、ここにある本を本棚に戻しておいてくれないか？」

「は？」きょとんとする在賀。「なにその雑用」

「図書委員だろ」

「だからって……自分で取り出した本は自分で元に戻しなさいよ。お行儀悪い。ていうか、借りていかないの？」

「なるべく家に荷物を増やしたくないんだ。放課後と休み時間を使えば、明日までには終わる。確かに自分で取り出した本は自分で元に戻すべきなんだろうけれど、これからぼくは野暮用《やぼよう》があってね。勉強になったっていうなら授業料代わりだ、ぼくのために働いておいてくれ」

「……供犠くんの、そういう当たり前のように人を使うところ、わたし、嫌いだよ」

「嫌われるのには慣れてるよ」

「そういうこと言わない」

「こういうことを言うのに、慣れているのさ」

昔からね、と言って、ぼくは廊下への出口へと向かう。この図書室は入り口と出口が別々に設置されている。といっても強固に管理されているわけではなく、左の扉が入り口で右の扉が出口だと、それぞれプレートが掛けられているだけなのだが。まあ、なんだかんだ言って在賀はいい奴なので、あとは任せていいだろう。その辺り、信頼のおける人間ではある。

「……あれ？」

脚を止める。いや、止まった。そして——踵《きびす》を返し、在賀を見る。在賀は、諦《あきら》めの早いことに、もうぼくが散らかした机の上を片付けにかかっていたが、しかし、ぼくの視線に気付き、「ん？」と、顔を上げた。

「どうしたの？　供犠くん」

「えっと……来週だっけ？」

「は？　何が？」

「課外授業」

「……そうだけど？」

「…………」

来週……？　今日から、来週って……何月何日だ？　今日は、火曜日だから——いや、しかし……火曜日だって言うなら……火曜日？

「どうしたの？　供犠くんらしくないね。歩くスケジュール帳と呼ばれていた男が」

「今って……夏休みじゃなかったっけ？」

「へ？　何寝ぼけてるの？」

「……いや……っていうか、在賀さんって……図書委員だったっけ？　学級委員じゃなくて――どころか、在賀さん――」

生きてい、い、い、い、い、い、い、たのだ、っ、た、か。

「供犠くん……何？」

「……いや」

なんでもない。

(なんでもない？)

(本当に？)

(なんでもない？)

「……ちょっと、疲れてるみたいだ」

「本ばっかり読んでるからだよ。もっと運動したら？　供犠くんって、ちょっと痩《や》せ型だし。ていうか華奢《きゃしゃ》だし」

「健康な肉体を保つ程度の努力はしているはずなんだけれどね……」

「保健室まで送っていこうか？」

「いや……その必要はない。それに、今から予定があるからさ」

「ああ、そうだったね。でも、野暮用って何なの？」

「それは――知らなくていいよ」

言って、ぼくは――まるで、そんなことをしなくてはならない理由なんて一つもないのに、在賀織絵から逃げるように、図書室から廊下に出た。入り口から出たのか出口から出たのか、焦《あせ》っていて、わからなかった。

★　★

効率だけの問題で言うのならば直接行った方がよっぽど時間の節約だし、ぼくとしての労力も安く済むのだが、しかしたとえ何回目であろうとも、他人の家を訪れようというときに手ぶらで行くのは礼に反する話だから、在賀織絵に言った『野暮用』を済ます前に――と言うよりは済ますために、まずは、一旦《いったん》、ぼくは家に帰ることにする。走るほどではないが、予定より数分ほど押してはいるので、小走り程度の速度で、校門から外に出る――

「……と」

そこで、クラスメイトを見つけた。見つけたという表現はこの場合正しくないのかもしれない――校門のアーチの上に、腰掛けている人間がいたとすれば、誰だってその人物を視界に収めることにはなるのだろうから。無論、声をかけるかどうかは別としても。

「何してんだ、お前」

「え？」

しかしぼくは、その背に、さっき在賀がぼくにそうしたように、声をかけた。声をかけられた方は、驚いたように、アーチを跨《また》ぐようにして、ぼくの方を向く。上から下に見下ろすような角度。そんな高くないアーチとは言え――高さで言えば、運動場にある登り棒やらの方がよっぽど高いとは言え――危険は危険である。何より、もしも落ちたら下はアスファルトだ。打ち所が悪ければ命を落としても不思議じゃないだろうし、打ち所がよくても骨折くらいはするだろう。

「何って……何もしてないんじゃないかしら」

「あっそ……」

とぼけるようにそんなことをいう繋場《つなぎば》――繋場いたち。ファッションセンスのつもりなのかそれとも何らかの主張なのか、上下とも、ドレープのたっぷりあしらわれた、だぼだぼの服。白い、むき出しの腕。額には絆創膏《ばんそうこう》を張っている。ついこの間、ぼくのクラスに転校してきた、いわゆる一つの転入生である。

「…………」

そんな彼女のプロフィール、更にそこに付け加える点があるとすれば——彼女が、担任の先生が頭を悩ますような問題児だということである。と言っても、何か、他の生徒達に迷惑な問題行動を取るということではない——ぼくの知る限り、そんなことはない。委員長のぼくが知らないということは、そんな事実はないということだ。むしろ、その逆で——彼女は全く、何もしないのである。繋場は、クラスの誰とも仲良くなろうと、打ち解けようとしないのだ。クラスになじむ気が全くない——そんな風にも見える。授業自体は真面目《まじめ》に受けるし、宿題をやってこないということもない、掃除当番や給食当番などの、課せられた仕事はきちんとこなすが——それだけである。本人としては勿論、やるべきことは最低限やっているんだからそれでいいじゃないかというくらいの気持ちなのだろうが、集団生活において、そういう者はただ存在しているというだけで和を乱すものである。だから、繋場が問題児であることは確かなのだろう。……まあ、そうは言っても——それこそさっきの在賀の言葉をなぞるわけではないけれど、ぼくは繋場みたいな奴は決して嫌いじゃあないけれど。形は全くと言っていいほど違うけれど、なんとなく、昔の自分を、思い出す。

（留つ田す・ぐ）

「繋場さん。来週、課外授業だよね」

「ああ……そうだったかしら」

「自由行動の時間、どこに行きたい？……そっちにはまだ手が回ってないんだけれど、一口に長崎市って言っても色々あるんだよね……オランダ坂とか孔子廟《こうしびょう》とか。日本二十六聖人記念館とか、ああ、眼鏡橋っていうのもあったな。繋場さんはどこを見に行きたいかな？」

「……どうしてそんなことを私に訊くのかしら」

「だって、同じ班だろ」

「そう言えば――」

そうだったかしら、と繋場は、無愛想に――と言うより、無感情に、そう頷《うなず》いた。言われたことにただ反応しているだけといった様子だ。

「そうだよ、同じ班」

ぼくは、会話の隙間《すきま》を埋めるように言った。同じ班になったのは、担任の先生がそう仕向けたからだけれど——問題児である繫場を委員長のぼくになんとかさせようという意図があるのだろうけれど——まあ、そういう大人の都合に嵌《はま》るのは癪《しゃく》と言えば癪だが、ぼくとしても繫場の問題児っぷりは早めに解決しておきたい優先事項ではあった。自分の周囲が乱れているのは、我慢がならない。

「繫場さんは、確か、九州の外から転校してきたんだったよね。じゃあ長崎は初めてだろう？　ま、ぼくもそうなんだけれど……どこがいいかな？　グラバー園っていうのもあったぞ。食べ物なら、ちゃんぽんが有名だけれど——皿うどんとか、高級なところでは、卓袱《しっぽく》料理とかね。卓袱料理って知ってる？　取り皿が二枚——」

……あれ。どうしてぼくは食べ物の話なんかしているんだろう。あくまでも課外授業であって、だったら昼ごはんなんて、家から持ってきたお弁当に決まっているのに——これじゃあまるで、ぼくか繫場かどちらかが、異様に食い意地の張っているキャラクターみたいじゃないか。何を言っているんだ、ぼくは。馬鹿馬鹿しい、恥ずかしい。全く、わけがわからない。

「……原爆資料館かしら」

ぽつりと、繫場が言った。何か答えないことには、ぼくが延々と喋《しゃべ》り続けるとでも思ったのかもしれない。だとすれば、作戦は成功だけれど——原爆資料館？

「何を言っているんだよ、繋場さん。それは最初から、予定に組み込まれてるじゃないか。先生からもらったしおり、読んでないの？」

「あっそう……じゃあ、ハウステンボス」

「ハウステンボス？」

「なんだ。知らないのかしら？」

「いや……」

ハウステンボスは、勿論、説明するまでも説明されるまでもなく全国的に有名な遊園地、娯楽施設だけれど……でも、あれは……。

「繋場さん、あれは佐世保市だよ。佐世保市の針尾島《はりおじま》。自由時間をフルに使っても、往復するだけで終わっちゃうさ」

「ふうん……ねえ、タカくん」

繋場はぼくを呼んだ。


（……タカくん？）

（聞え聞えてこ呼びか……？）

（……タカくん？）

「ハウステンボスって、どういう意味か知ってるかしら?」

「ん? ああ、知ってるよ。オランダ語で『森の家』だろ?」

「うん……そうなんだけど」

その質問に一体どういう意味があったのか知らないけれど、少なくともぼくの答は繋場に対して不十分だったようで、繋場は、憂鬱《ゆううつ》そうに首を振ってみせただけだった。

「……ねえ」

繋場は言った。

「何か……大事なことを、忘れてる気がするの」

「うん?」

よく聞こえなかったので、ぼくは訊き返す。

「なんだって? 忘れている?」

「忘れてる……何かを、とても、なくしちゃいけないものを喪失してしまったような悲しさを、つい最近に、味わったような気がするの。ふとした瞬間にそれを思い出しそうになるけれど、それには決して手が届くことはなく、喪失はずっと喪失のままで、忘却はずっと忘却のままで。なんだか、うまく言えないけれど、言葉にすることはできないけれど、そう、心に――」

「心に──」

ぽっかりと、穴が開いたような──

(叫んでる?)

(何か?)

(叫んでる?)

(誰か?)

(叫んでる?)

「……気のせいじゃないのか?」

ぼくは言った。

「そういうのって、子供の内はよくあるらしいぜ。既視感っていって……フランス語で言えばデジャヴだな。そっちの方が通りがいいか? 予知能力の一種だとも言われるけれど、超能力とか魔法とか、そんなものがこの世にあるわけがないんだから、普通に考えればば、ただの脳の錯覚だよ。繋場さんは転校してきたばかりだから、情緒不安定になってるだけさ」

「…………」

しばらく黙る繫場。そして、

「タカくんは、ないの？」

と言った。

「何かを、忘れたこと」

「ないよ」

ぼくは自信を持って答えた。

「ぼくは生まれてから今までの十年間、体験したことの全てを覚えている」

「そう……」

不満そうな顔をする繫場に――ぼくは、とりたててフォローをしたくなったわけではないが、「それに」と、もう一言、付け加えておくことにした。

「忘れたら、思い出せばいいだけだろ」

「……そうね。その通りかしら」

言って――繫場は、空を見上げた。しばらくはその姿勢のままでいて、「どこでもいいわ」と言った。

「どこでも、タカくんの好きなところに連れて行ってくれれば、それでいいと思う」

「ああ――わかった」

まあ、こんなところか。繫場のことは早めに解決しておきたい優先事項だとは言っても、焦ったところで好転化するようなことでもない。こういうのは焦るのが一番駄目だということを、ぼくは経験上、よく知っているのだ。今日も含めて今までの感触からして、幸い、そうそう解決の難しい問題ではなさそうだ。ならばじっくりとことに当たればいい──そうだな、目標は今月中とでもしておこう。

「じゃあね、繫場さん」

「ばいばい、タカくん」

ぼくは、繫場の足元をくぐるようにして、校門を抜け、小学校から外に出た。彼女がぼくのことをタカくんなどと馴れ馴れしく呼ぶことよりも、どうしてか、ぼくが彼女を繫場さんなんて他人行儀な風に呼ぶことの方が不自然に思え、それが不思議だった。クラスメイトとはいえ、所詮《しょせん》はただの他人なのだから、そんなことは当たり前のはずなのに──どうしてぼくはこんなに寂しいのだろう。

★

★

傍目《はため》に分からない程度の小走りで家に帰った時点で、四時十五分。在賀と話していた時間も繫場と話していた時間も、どうやら取り戻せた計算だった。首から提げていた鍵を使って玄関を開けると、廊下に掃除機をかけていたきずなと目が合った。正確に言うと、掃除機を使いこなすことができず、四苦八苦しているきずなと目が合った、というべきかもしれない。

「……何してんだよ」

「あっ……あっはっは、おっかえりー」

まずいところを見られたとばかりに、豪快な笑いで誤魔化《ごまか》すように掃除機を自分の背後に隠して、きずなはぼくにそう言った。

「何してんだよ」

「あらもうこの子は、開口一番、そんな言葉なんだから。帰ってきたなら、ただいまくらい言いなさいよ」

「嫌だよ。なんだかすごくただいまと言いたくない気分だ。それより何をしているのか答えろ」

「んー？　あっはー、いやー、掃除機ってやっぱ難しいよねえ。あたし、アナクロな人間だから、やっぱ、箒《ほうき》でないと駄目だって。それも竹箒じゃないとねえ」

「あんなもんで廊下を掃《は》いたら、廊下が傷《いた》んでしょうがないだろうが。いい大人なんだから、掃除機くらい使いこなせよ――すぐ出掛けるから」

「ん？　ああ」

きずなは首を傾《かし》げ、そして、ぼくが何かを言うまでもなく、すぐに納得する。

「そっか、水倉《みずくら》さん家、行くんだっけ。お見舞いに」

「お見舞いとは違うけどね」

靴《くつ》を脱ぐのも面倒なので、ランドセルだけ降ろして、それを靴箱の上に置く。

「台所にもらいものの和菓子があったと思うんだ。きずなさんが食べてなければ、まだ残っているはずなんだけれど。持ってきて欲しい」

「お父さんが食べてるかもしれないじゃない。甘いの大好き人間なんだから」

「甘いもんだろうがなんだろうが、あの人が他人からのもらいものを食べるわけがないだろう。早くしてくれ」

「立ってるものは親でも使えとはあんたのためにある言葉だね、全く」

きずなはそう言って、「あー、はいはい、そこで待ってなさいな」と、掃除機を引き摺《ず》るようにして、ダイニングキッチンへと向かった。

「……しかし、やれやれ」

旧姓、折口《おりくち》きずな——三年前、ぼくの父親と結婚してから姓が変わり、今となっては供犠創《きず》は供犠きずなだが、彼女は、ぼくの四番目の母親である。ぼくの父親である、供犠創嗣《つぐ》の相方《あいかた》という仕事が、果たしていつまで持つものなのかは知らないが——今のところはあの通り、順調と言えば順調のようである。さすがに四人目ともなると、こちらも飽きるとまではいかないが、そういう状況に倦《う》んでいるところがあるので、彼女のことを母親と呼ぶのに若干《じゃっかん》の抵抗があり、それで『きずなさん』なんて呼び方を、出会った最初にしてしまい、それが以降ずっと続いているのだが——彼女の方はどうやらそんな事情には一切の配慮をするつもりがないらしく、馴れ馴れしいばかりである。

(馴れ馴れしい？)

(何？)

(馴れ馴れしい？)

「はい。あったよー。これでしょ？」

「どうも」

戻ってきたきずなから、ぼくは包装紙にくるまれた長方形の箱を受け取る。これくらいの大きさなら、鞄に入れなくともそのまま持っていけるだろう。できる限り身軽に生きていたいというのが、ぼくの考え方だ。

「なんだろうね、それ。カステラ？」

「きんつばだよ。和菓子っていったろ？　カステラのどこが和菓子なんだよ、きずなさん。ポルトガルだろ、ありゃ」

「え？　でも長崎銘菓じゃん」

「出島から伝わったんじゃないのか？」

「ふーん……」

つまらなそうに、唇《くちびる》を尖《とが》らせて見せるきずな。『いい』大人であるかどうかはともかく、それでももう結構な年齢だというのに、そんな子供じみた仕草《しぐさ》が自分に似合うと思っているところが、この女の不愉快なところだ——まあ実際、似合ってはいるのだけれど。

「そう言えば、創貴、長崎行くんだっけ？」

「きずなさんの記憶力でよく覚えていたね……そう。来週の話だよ。なんなら、おみやげにカステラを買ってきてあげるさ」

「長崎ねえ」

なんだか——きずなは意味ありげにその地名を繰り返す。

「何を、見に行くんだっけ？」

「色々だけれど——基本的には平和公園」

「ふうん——第二次世界大戦か。なるほどね。子供の内からそんな、世の中の裏側みたいなことを勉強しなくてもいいって思うけれどねえ」

「子供の内に知っとかないと、ロクな大人にならないってことだろうよ。きずなさんのようにね」

「失礼だなー。しかもごく自然な流れで言いやがって。あたし、『火垂《ほた》るの墓』とか大好きなんだよ？　どれだけ泣いたことか」

「どうせアニメで見たんだろ」

「え？　アニメじゃないのがあるの？　ああ、漫画化されてるんだ」

「……行ってきます」

そう言って、身体の方向を変え、玄関のノブに手を掛ける。「あ、こら、ちょっと、まだ話の途中じゃない」というきずなの声は無視。基本的に意味のある発言をしないきずなのことを相手にしていたら、いつまでたってもぼくは出掛けることができない。

「あーもう。嫌な子供。で、いつ帰ってくるのさ？　晩御飯の都合ってものも、あるんだよー？」

「門限までには帰るよ。晩御飯はいつも通りの時間に、用意しておいてくれればいい。どうせ、創嗣さんの帰りは、遅いんだろう？」

ぼくの父親——供犠創嗣。佐賀県警の幹部——きずなとは違い、血の繋がった実の父親ではあるけれど、しかし、とてもじゃないが、単純に口に出して『父親』と呼ぶことのできない、そんな男である。

「遅いね」

「なら、いつも通りの時間でいいな」

「何が食べたい？」

「卓袱料理」

「はあ？」

「冗談だよ。カレーでも作っておいてくれたら、ぼくはまあ、嬉《うれ》しいんだろうな」

そのまま外に出て、扉に鍵を掛ける。すぐそこにきずながいるのだから、それくらいは任せておけばいいのだが、どうも彼女はそういうところが抜けているというか、信用ならないので、自分でやっておくに越したことはない。


（……何かな？）

（おかしい……？）

（……何かな？）


「……ったく、あれで母親のつもりだってんだから、参るよなあ……」

まるで、友達関係じゃないか。しかも、かなり気の置けない友達関係。血の繋がりなんて関係なく、とりあえず大人としての威厳を少しでも示してくれれば、こちらとしても対応の仕様があるのだが、きずなの方があんな態度じゃあ、ぼくの方から歩み寄ることなんて、恥ずかしくってできるわけもない。

「本当、やれやれだ」

いつか彼女のことを母親と呼ぶことがあるのだろうかと思いながら、ぼくは門扉を開けて、次の行動へと向けて、思考を切り替える。

（……母親？）

（呼ぶこと……？）

（……母親？）

向かう先は、つい二年ほど前、この町に新しくできたコーヒーショップである。二階建ての、風車のようなデザインの小洒落《こじゃれ》たコーヒーショップ。店に名前がないというところが、特に小洒落ている。と言っても、当たり前の話だが、当年とって十歳、小学五年生のぼくが、コーヒーなど、わざわざ専門店に行ってまで嗜《たしな》むわけがない。自動販売機で売っている缶コーヒーですら、飲めることは飲めるけれど、選ぶ余地があるならば炭酸飲料を選びたいところである。ならば何故《なぜ》今、そのコーヒーショップに向かっているのかと言えば、それは、その建物がコーヒーショップであると同時に、表札の上がった、人の住む民家でもあるからだ。表札には――水倉という苗字が書かれている。それは、去年、ぼくと同じクラスになった、とある生徒の名前だった。フルネームは――

（……水倉？）

（名前……？）

（……水倉？）

水倉りすかと言う。

（りすか……？）

（……水倉？）

（りすか……？）

（水倉りすか……？）

水倉りすかは、ぼくと同じクラスになる一年前、つまり三年生のときに、うちの小学校に転入してきた女生徒である。転校生で問題児というなら、それは繫場と一緒で、だからぼくは繫場を見ていると、彼女と水倉とを重ねずにはいられないのだけれど——よりどちらが問題児かという比較をしてみるならば、間違いなくその対決は、圧倒的大差をもって水倉の方に軍配があがるだろう。何故なら水倉は、そもそも学校に登校してくることすらしないからだ。いわゆる登校拒否——今風に言うならば、そう、不登校という奴である。だから、同じクラスだったとは言っても、三年生の時点から既に不登校であった彼女と、顔を合わすことはほとんどなかった。しかし、今、担任から繫場のことを任されているよう、当時の担任からも、ぼくは水倉のことを頼まれていたので——プリントを届けたり、学校に来るように促してみたりと、週に一回から月に一回くらいの割合で、彼女の家——そのコーヒーショップを訪ねていたのである。五年生になった今、水倉は、所属としては在賀と同じクラスになっている——つまりぼくと違うクラスになっている。だから客観的に言うと、ぼくと彼女には、今となってはもう何の関連性もなく、ぼくがこうしてコーヒーショップを訪ねる理由もないのかもしれないが——しかし、これは、なんというか、乗りかかった船だった。こんな風に、中途半端なところで物事を投げ出すことができないのは、果たしてぼくの長所なのか短所なのか、悩みどころである。実際のところ、ただの一長一短なのだとは思うけれど。

「けど……正直、わかんないんだよな」

どうして水倉は学校に通うことを、そこまで嫌がるのだろう。特に苛《いじ》めがあったとか、そういう話は聞かないし——少なくとも去年に限っては、ぼくが委員長を務めていた以上は、そんなことはありえなかったはずなのに。いや、委員長がぼくであろうとなかろうと、苛めがどうこういう以前に、学校に来ないのだから、そのようなことは数学的にありえない。何が嫌なのか……いや、嫌いというよりむしろ、学校みたいなものを嫌悪しているようにすら、思えてしまう。他に何かやらなければならないことがあるかのように。

（みんなさらばなんなこいつ……？）

（……何か？）

（みんなさらばなんなこいつ……？）

「違う種類の人間なのかもしれないな……」

なんて、そんな諦めも、ときにはなくはないが——これは乗りかかった船というよりただの惰性《だせい》なのかもしれないが——あるいは妥協案だったり折衷案《せっちゅうあん》だったりなのかもしれないが——しかし、続けることに意味があると、思いたいところである。この行為を先ほど『見舞い』と言ったところのきずながら、かつて一度、「そういうのって偽善じゃない？」とか、彼女にしては珍しい、知った風なことを言われたことがあるが——その言葉を、強く否定できるだけの誠心誠意を、根拠として、心の中から、絶対になくしてはならない。

(……なくしてはならない)

(絶対に……い)

(……なくしてはならない)

目的のコーヒーショップに到着した。扉は自動ドアである。ただし、体重を感知して開閉するタイプの自動ドアなので、ぼくの軽い、在賀から華奢呼ばわりされるような身体では、開いてもらうのに孤軍奮闘するはめになる。三度目のジャンプで、ようやく天《あま》の岩戸《いわと》は開かれた。

「いらっしゃいませ——おや、供犠様」

中に入ったところで——カウンターの向こうのマスターから、そう声を掛けられる。初老の、執事めいた格好の、白髪の男性。如何《いか》にも、こういう通な店のマスターと言った感じで、まるで絵に描いたようである。今ではさすがに見慣れたが、最初に見たときは、そのあまりの佇《たたず》まいに戦慄《せんりつ》すら感じたほどだった。このぼくが、だ。ただし――店内の方と言えば、それに相応《ふさわ》しいと、そういう風には表せない。内装がショボいという意味ではない、むしろ、内装は行き過ぎているほどである。ただ、その行き過ぎた内装の店内に――一人の客もいないのだ。この店に通うようになって一年以上――ぼくは未だ、この店にいる普通のお客さんというのを、見たことがない。

「…………」

いや、むしろその方が、コーヒーを嗜む趣味を持つ者達にしてみれば、いいのかもしれない。ぼくには推測することしかできないが、コーヒーは喧騒《けんそう》の中で楽しむものではないだろうから……それにしたって、一人もいないというのは、問題だと思うけれど。この町に通はいないのだろうか。だとすれば、侘びしい話だ。

「水倉さんは、二階ですか？」

「はい――申し訳ございません」

「ぼくが謝られるようなことではありませんよ。これ、よかったらと思ってお持ちしたんですけれど――」ぼくは、手にしていた箱、きんつばを、マスターに示すように胸の前に掲げるようにする。「やっぱり、直接持っていった方がいいですよね？」

「ええ、そのようにお願いします」

ぼくのような子供に対しても、まるで目上の人物に対するかのような、折り目正しい態度で接してくれるマスター。あまりに行き過ぎるとこういうのは却《かえ》っていやらしく感じる慇懃無礼《いんぎんぶれい》さが醸《かも》し出されるものだが、そんな風に微塵《みじん》も感じさせない上品さが、このマスターにはあった。これぱっかりは経験というか、年季という奴だろう。ぼくに真似《まね》のできることではない。

「後ほどお飲み物をご用意させていただきたく存じますが、供犠さま――」

「ああ、いえ、お構いなく。すぐにお暇《いとま》しますので」

というか、オレンジジュースどころか砂糖やミルクすら置いていないこんな店で、ぼくが飲めるものと言ったら、水か白湯《さゆ》かの二者択一だ。帰り道に自動販売機を利用した方が、合目的的というものである。

(……自動販売機?)

(なんだって……?)

(……自動販売機?)

「じゃあ、失礼します」

勝手知ったる他人の家なんて言葉は、あまりに下世話《げせわ》で使いたいものではないけれど、この場合はそうと言うしかないだろう。ぼくは店の奥の扉を開け、中に入って、靴を脱いで階段を昇る。昇ってすぐにあるのが、水倉の部屋だった。

「おーい。水倉さーん」

こんこん、と軽くノック。返事が無いのはいつも通りのことだった。だったら扉に鍵がかかっているのも、確かめるまでもなく、いつも通りであることだろう。ぼくはフローリングの廊下に、直接、腰を降ろした。そして「やれやれだ」と、軽く、しかし聞こえよがしに呟《つぶや》いてみた。聞こえよがしとは言っても、扉の向こうまでは、多分聞こえなかっただろうけれど。自分に言い聞かせたかっただけだ、やれやれだと。

「きんつば持って来たぜ。食べない？」

「…………」

扉の向こうから、返事こそなかったが、しかし、確かな気配があった。ぼくはすかさずに、畳み掛ける。

「ぼくの父親に、どっかから送られてきた貢物でさ——二箱あったから一箱はぼくが食べた。おいしかったよ。水倉さん、いつか乾いたお菓子は嫌いだって言ってたけど、これなら大丈夫だろ」

言っている内に、がちゃりと、扉の鍵が外れる音がした。しかし、そこから動きはない。警戒しているのだろう。ぼくは構わず——むしろ、その音には全く気付かなかったような振りをして、話を続ける。

「元々はぎんつばって言ったらしいんだよね、このお菓子――どっかの誰かが見栄を張って、銀を金と言い換えたのかな。ぎんつばよりも高級感を出そうとしたんだろうね。単純なイメージ操作だけれど、大したもんだ――」

しゃらん、と音がしたかと思うと――かすかに開いた扉の隙間から、細い腕が伸びていた。骨と皮だけなんじゃないかというほど、本当に細いその腕には、手錠……手錠の輪っかが、閉じた形で二つとも嵌っている――間違いなく、水倉の腕だった。彼女は、どうしてだか知らないが、腕に、ブレスレットのように、そんな手錠を施しているのだ。

「……あっちもこっちも、天の岩戸だな」

むしろ開けゴマって感じだぜと、ぼくは感慨深く呟いて、包装紙にくるまれたきんつばの箱を、その右手に向けて差し出した。箱の端っこをつかむや否《いな》や、その腕は、近付いてくる人間の気配を察した、警戒心の強い山猫のように、素早く部屋の中に引っ込んで、続いて扉も高い音を立てて閉じ、圧巻《あっかん》なくらいの乱暴さでもって、その鍵も掛けられたようだった。

「つたく……」

礼儀とかはともかくとしても、手ぶらじゃこれないよな、どうしたって、これじゃあ……今の在賀のクラスの委員長は、うまいことやっているんだろうか……余計なお世話ではあるが、しかし気がかりではある。クラスが変わったというのにまだこんなことをしていることを、できれば学校の連中には知られたくないので在賀に対しては『野暮用』とお茶を濁したが、今度、そうとはわからないように、確認してみるとするか……。

「おいしいの」

と、しばらくして、扉の向こうから——掠《かす》れた、しかし舌っ足らずな声が、聞こえてきた。どうやらぼくが持ってきたきんつばは、水倉のお気に召したようだった。

「もっとおいしいかもしれないのが、これに砂糖水をかけることなの」

「気持ち悪いことをするな。それに、それは作ってくれた人に失礼だ」

「うー……」

唸《うな》るようにして、そして、黙る。会話がとにかく続かない。繋場のようにコミュニケーションを拒絶しているというよりは、水倉の場合、コミュニケーションをするための能力が不足しているという感じだ。言葉遣いもなんだかおかしいし——典型的な、他人と会話を交わす機会の少ない人間の症状だった。

「水倉さん——一体いつまで、こんな生活を続けるつもりなんだい？」

甘いものを食べているときの水倉は、とにかく機嫌がいい——コミュニケーション不能の彼女は、逆に言えば、他人を拒絶する術も感情を偽る方法も知らない。感情をコントロールすることができないのだ。だから、何かを言うならば、差し入れられたきんつばを食べている、機嫌のいい今のうちだった。

「部屋の中に閉じこもってさ――一体何をしてるんだい？　何がしたいってわけでもないんだろう――いや、そりゃ、水倉さんにだって色々と事情はあるんだろうさ。でも、そんなの誰にだってあるんだから――学校が絶対だとは言わないよ。けど、人と仲良くしておくことは必要だとは思わないか？」

返事はない。構わない。続ける。

「人間は群れで行動する生き物なんだから――子供の内にそういうのに慣れておかないと、後から辛いぜ。だってさ――今はいいかもしれないけれど、水倉さんだってわからないはずがないだろう？　いつまでもそんな部屋で閉じこもり続けることなんてできるはずがないんだから。今は、それこそ今は子供だから、みんなが面倒を見てくれるかもしれないけれど――そうでなければ、水倉さんなんか、三日で死んじゃうぜ」

返事はない。構わない。続ける。

「それとも、水倉さん、人間が嫌いなの？　生きているのが嫌なのかい？　そういう、言葉にできるようなわかりやすい理由なんてない？　なんとなく嫌なだけかい？　そうだとしても――友達を作ることは大切だよ」

返事はない。構わない。続ける。

「ぼくは、水倉さんとは、扉越しにだけれど、こうしてずっと話してきて——クラスの委員長と不登校の生徒というだけの社会的な関係以上のものを、築けてきたと思うんだけれど……そんな風に思われることは水倉さんには迷惑なのかな」

返事はない。構わない。でも——もう続けられない。時間切れである。そろそろ彼女はきんつばを食べ終えた頃だろう。彼女の食事はとにかく速い。まだ少しは余裕があるだろうが、その余裕は、残しておくべき余裕である。全く——もう少し大きな箱のお菓子を持ってくればよかったかな。あのきんつばじゃ、ちょっと時間が足りなかった。

（咀嚼……）

（……咀嚼）

（咀嚼……）

まあ、こんなこと、今までにも何回も繰り返してきたことで——こうなると、惰性と言われても偽善と言われても、言われる分にはしょうがないという気もしないでもないが——しかし、今日はどうだろう、もう少し時間があれば、あるいはというとこ

ろまでいけそうな漠然（ばくぜん）とした予感があっただけに――錯覚なのだろうが――惜しいと
いう気持ちがある。まあ、仕方があるまい――人間、諦めが肝心だ。ここからは単な
る連絡事項に移るとしよう。

「既に、同じクラスの奴とかから聞いているかもしれないけどさ――来週、長崎に
行くんだよ。課外授業でさ。水倉さん、長崎出身だっただろ？　ハウステンボスのあ
る、佐世保市だよね――」

「……ん」

やっと、返事があった。都合の悪いことには口を閉ざして答えないというスタンス
もまた、彼女のいつもの態度だった。だからここから先は水倉にとって、とりわけ都
合の悪いことではないという、そういう判断だろう。まあ、それはその通りだ。

「今となってはクラスも違うことだし、無理に来いとは言わないけれど、逆に行かな
いのなら、何か買ってきて欲しいものとかあればと思って、今日はそれを聞きに来た
んだ」

「……別に」

ややあって、水倉からの返答。

「もう未練がないのが、長崎なの」

「あっ……そう」

未練？　変な言葉だ。

「それに、従兄《いとこ》が向こうにいるから……欲しいものがあったら、その人に頼むの」

「……そりゃ、ごちそうさま。だとすれば、おせっかいだったね」

意図的に他人を不愉快にさせることを言うだけの言語能力が、水倉にあるとは思えないので――それは本当なのだろう。嫌味が言えるようになったのなら、それはそれで、ぼくの立場からすれば、喜ぶべきことなのかもしれないし……しかし、従兄ねえ。そんなのがいたんだ。知らなかったな。

（……知らなかった）

（本当に……）

（……知らなかった）

「門限までに帰るって母親に言ってしまったから、もう帰らなくちゃなんないんだ。水倉、それじゃあ、また来るよ。食べてみたいお菓子のリクエストとか、あるかい？」

「……甘いものならなんでもいいの」

「ふうん。虫歯と肥満にゃ気をつけろよ。知ってるか？　長崎に落とされた原子爆弾の名前はファットマンって言うらしいぜ」

んじゃまたね、とぼくは、フローリングの冷たい床から腰を上げた。そのまま、階段を降りようとしたが——だが、そんなぼくに、扉の向こうから声がかかった。向こうからこっちに話しかけてくることなんて——どれくらいぶりのことだっただろう。

「キズタカは……」

水倉は、ぼくを下の名前で呼んだ。それは、いつも通りのことのはずなのだけれど——どうしてだかぼくは、それに違和感を覚えた。いや、違う——違和感じゃない。むしろそれは、何かがぴったりと噛《か》み合ったかのような——合致したかのような、感覚だった。

「……どうなの？」

「どうって……何が」

「いつまで、そうしている、つもり、なの？」

「………？」

言葉を選んでいる——と言うよりは、自分が使える言葉の中で、懸命に、自分の気持ちを表現できる形を組み上げているかのような、片言の口調だった。しかし——水倉のその懸命さだけは伝わってきても、水倉が何を言いたいのかが、全く、伝わってこない。

「閉じこもって――何もしないで」

「……？　それは水倉さんだろう？　ぼくはちゃんとしているさ。ちゃんと学校に行って、ちゃんとみんなと仲良くして――それとも、水倉さんから見れば、自分じゃなくて世界の方が閉じているって意味？」

「キズタカは――何がしたいの？」

「何がって……え？」

　何を言っている？　水倉は一体何を言っているんだ？　ぼくのしたいこと？　ぼくがしたいこと――したいこと、だって？


（……何がしたいの？）

（何がしたいの……？）

（……何がしたいの？）


「キズタカは――何がしたかったの？」

　質問するというよりは詰問《きつもん》するような発音でそう言ったきり――水倉はもう、何も言わなかった。ぼくが何度訊き返しても、それは徒労だった。ぼくは当初の予定よりも五分ほど長く、時間を使ってしまって――残しておいたはずの余裕を完全に使い切ってしまって、それでも最後に「またね」と、さながら負け惜しみのように言ってから、水倉家──名もなきそのコーヒーショップを、後にした。

★　★

「『六人の魔法使い』──まあ、便宜的にその六人目に僕をカウントするとしてですね、だから四人目である塔《とう》キリヤのことなんですけれど──彼の魔法は、僕達六人の中ではもっともエグいといいますか──仲間でもない限り、絶対に近付きたくない男なんですよね──」

おかっぱ頭のその子は──自然にそう言った。

「塔キリヤ、運命干渉系にして精神感応系の魔法使い。称号は『白き暗黒の埋没』。属性《パターン》は『夢』、種類《カテゴリ》は『創世』──その顕現《モーメント》は、『絶対矛盾《むじゅん》』。パラドックス──しかし、魔法使いでない人間に説明する場合には、パラレルワールドと言った方が理解は容易《たやす》いんでしょうかね？」

「……………」

いつの間にこんなところまで来てしまったのだろう──気付けばぼくは、きずなの待つ自宅を通り過ぎて、学校のそばにある、大きな公園に辿り着いていた。考えごとをしていたからか――あるいは考えごとをしていなかったからか――その公園の中心にある、だだっぴろい広場の中心あたりで――一人、立っていた。こんなことは今まででなかった――このぼくが、この供犠創貴が、茫然自失《ぼうぜんじしつ》のままに行動をしてしまうことなど、これまでのぼくの歴史の中に一度だってなかったことだ。自失――自分を自分で見失ってしまうだなんて、こんな、一人で――

「どうかしましたか？　供犠さん」

――いや、一人じゃない……目の前に、一人の……おかっぱ頭の子供がいる。船乗りが着ているような、大きなカラーのついた白いセーラー服……半ズボンに、ニーソックス。にこにこと、至極自然な、自然過ぎる態度で――ぼくに向けて、無警戒とも思えるような笑顔で、微笑《ほほえ》んでいる。いつからそこにいたのか、わからない――否、いつからこの子を正面に、ぼくがいたのか……わからないのはそちらの方だ。ぼくはいつから――それよりも、更にそれよりも、何故――ここにいて、この子と向かい合っているのだろう……？　コーヒーショップを出てから今まで、どのくらいの時間が経過している？　一体、なんだ――一体誰だ？　この、女の子……

「ああ、女の子――ですか。ふうん、こっちでは、僕はそうなんですね。まあ、僕にしてみれば、あっちもあっちであっちなんですけれど――えへへ、なるほどなるほど」

おかっぱ頭の少女は……面白そうにそう言った。

「じゃあ、一応、挨拶《あいさつ》しておきましょう」

そして本当に自然に続ける。

「初めまして。僕が水倉鍵《かぎ》です」

……なんだろう……この、感覚……この、一度経験した体験を、そのままなぞっているかのような、不快感……運動会の行進の練習を、何度も何度も、繰り返しているときのような——これは……既視感？　既体験感？　それとも——

「み——水倉」

「……えへへ」

大して意味もなさそうに、微笑み続ける鍵。

「やだなあ、供犠さん、忘れちゃったんですか？　ほら、りすか姉さんの妹ですよお。去年お家に来たとき、鍵ちゃん鍵ちゃんって、いっぱい可愛がってくれたじゃないですか」

「………………」

えっと……そうだったか？　水倉——確かに、同じ苗字だし……しかし、偽名ということも……いや、そんな偽名を名乗る必要があるわけがないし、そもそも、ぼくは何も言っていないのに、水倉の下の名前を知っていたところを見ると、本当なのだろう。ぼくが水倉という名前の同級生と知り合いであることすら、この公園で偶然会っただけの子供なら、知ってるはずのない情報なのだから。名乗った覚えもないのに、ぼくの名前も知っているし……。とすると、ぼくがうっかり、この子のことを忘れていただけか……。


(……誰ちゃんだっけ?)

(ぼくが……?)

(……誰ちゃんだっけ?)

(何が……?)

(……誰ちゃんだっけ?)


でも、初めましてって今、言っ……言ってない。

「ああ……そうだった。鍵ちゃん……だよね」

「そう、鍵ちゃんですよお」

ぼくの言葉に、嬉しそうに、鼻にかかったような甘えた声で、屈託の無い笑みを浮かべる鍵。無邪気そのもので、愛嬌《あいきょう》たっぷりの態度である。ぼくよりも二、三年下といったところだろうけれど……ぼくはこんな風な笑顔を浮かべたことなんて、多分一度もないんだろうなと思う。そう思うと、嫉妬《しっと》にも似た感情が胸に渦巻くけれど……えっと、なんだっけ……。

「……しかし、さすがは供犠さんですよね。普通の人間なのに、普通の人間であるはずなのに、この状況――この『世界』に対し、若干以上の違和感を覚えてらっしゃるようだ――恐るべき意志の強さというか、なんというか。えへへ、それとも、その身体の半分以上を支配していると言う水倉りすかの血液のお陰なんでしょうか？」

「え？」

「何も言ってませんよ」

「………………」

何も――言っていない。そうだ……この子供は、鍵は……何も、言っていない。何一つ喋っちゃいない――にこにこと、ただ自然に、微笑んでいるだけだ。

「……鍵……ちゃん。何をしているんだい？　こんなところで……一人で遊んで、危ないじゃないか。いくら平凡な郊外の町だとは言っても、最近は物騒なんだから――」

「心配してくれるんですか？　えへへ、供犠さんに心配してもらえるなんて嬉しいなあ――そうですね。少女専門の誘拐犯とか、その眼を見ただけで死んじゃうという『魔眼遣い』とか、そんなのが現れちゃったりしたら、大変ですもんね」

「……ああ、大変だろう」

なんだ……何かおかしい、何かが不自然だ――しかし、それなのに、何がおかしいのかが、全くわからない――こんな自然な状況を不自然だと思っている自分が、何かをおかしいと感じている自分が、一番おかしいように思えるくらいだ……しかし……。

「……『名付け親《ネイミング》』……」

「おや？　僕のことを思い出してくれたんですか？　供犠さん。へーえ、ふーん、そりゃ嬉しいなあ――」

「……鍵ちゃん。女の子が、自分のことを僕なんて言っちゃ、いけないよ……エキセントリックな印象を与えることに、意味なんて……ないんだから」

「えへへ――そうですか。無理ですか。そりゃそうでしょうねえ――まあキリヤの魔法は気合や根性で、どうにかなる種類のものじゃありませんからねえ――」

「聞いているのか？　鍵ちゃん、さっきから、わけのわからないことばかり言って――」

「聞いていないのは供犠さんの方なんですけれどねえ――まあいいや。ねえ、供犠さん。立ち話もなんですし、僕と話すのがお嫌じゃなければ、どうでしょう、あちらのベンチにでも座りませんか？」

「…………」

鍵が指し示した先には、木製のベンチがあった——断る理由もなかったので、ぼくは頷き、広場の中央から移動する。鍵が手を差し出してきたので、その手を握って、その手を引くようにベンチまで一緒に向かった。小さな手だった。

「さて——まずは僕は、供犠さんに対してお礼を言わせてもらわなければならないのですか、そうですか」

「…………」

隣り合わせに座ったところで、鍵は言った。

「供犠さんのお陰で——と言うよりは、供犠さんの聡明さのお陰で、りすかさんは次なるステージに進まれました——ええ、供犠さんが察された通りなんですよ。『泥の底』、蠅村召香は、りすかさんを覚醒《かくせい》させるための駒《こま》でしてね——決してあなた達を無駄に追い詰めるつもりはなかったんです。勿論、供犠さんが僕らに降伏してくれたらくれたで、それはそれで次善ではあったんですけれど——しかし、最善なのは今の形だったんですよ。僕らの『箱舟計画』は、これでまた一歩——どころか千里の道を進みましたよ」

「……鍵ちゃんは、何年生なんだっけ？」

「年齢を知りたいんですか？　僕は八歳ですよ——あまり意味はありませんが、義務教育を受けていたとするなら小学三年生ですね。人生経験だけなら、事情あって、二千年ほどありますけれど。まあ、しかし、お礼はお礼、感謝は感謝でしてね——供犠さんが降伏なさらなかった以上、僕達は敵同士なわけでして、あなた達が——ここでいうあなた達とは、供犠創貴さん、水倉りすかさん、繋場いたちさんの三人ですが——あなた達が蝿村を突破した直後に、ただちに次の攻撃に移らせていただきました。『六人の魔法使い』の四人目——『白き暗黒の埋没』、塔キリヤ」

「そうだな……うん、来週は、課外授業なんだ。長崎に行くんだよ……えっと、水倉さんの妹なんだから、鍵ちゃんも勿論、出身は長崎なんだよね。長崎の、佐世保……」

「ええそうですよ、その通りです。森屋《もりや》敷《しき》市ともいいますがね——まあ、こちらにはそんな地名はありませんか。博多市もありませんでしたしね。さてと、どこまで話しましたっけ？　そうそう、塔キリヤ。属性《パターン》は『夢』、種類《カテゴリ》は『創世』——その顕現《モーメント》は『絶対矛盾』。運命干渉系と精神感応系を同時に使いこなすことができるのは、『魔法の王国』の歴史上、水倉神檎《しんご》を除けば彼だけなんですよ——貴重と言うより稀少ですが、嫌ですねえ、化物って。ご存知の通り僕は魔法が一切通用しない体質ですから、その難を逃れることができますが——ああ、ご存知じゃないんでしたっけ、今は」

「そう言えば、世界で最初に開発された原子爆弾の名前って知っているかい？　ガジェットって言うんだってさ。よくもまあ、そんな玩具《おもちゃ》みたいな名前、あんな兵器につけてくれたもんだよ——リトルボーイもファットマンも、よっぽどシニカルな人間が名付けたとしか思えないぜ。これ、ぼく達が日本人だから、タイミング次第では兵器として耳触りのいい響きに聞こえないこともないけれど、英語圏の人間はどんな気分で聞いているんだろうね？」

「ええ全くその通りですね供犠さん。ネーミングセンスって、とっても大事ですから。僕の体質は、しかしどうやら、この世界の中では発揮《はつき》されないようですね——十五メートル以内という制約どころか、直接に接触したところで意味がないようです。既にりすかさんにもツナギさんにも接触してみましたが、そして今さっき、供犠さんと手を繋ぎましたが、キリヤの魔法が解ける様子はありませんからねえ——まあ、ここにいる僕は、僕であって僕じゃなく、僕じゃなくて僕であるわけですから、仕方ないんですけれど。ああ、そうか——りすかさんがああいう状態なんだから、『血液』は関係ないんですね……やっぱりすごいなあ、供犠さんは。尊敬しちゃうなあ、憧《あこが》れちゃうなあ、抱かれたいなあ」

「ただ、ぼくは長崎市に限らず、長崎県全体で見れば、あそこに行ってみたいんだよな――ほら、五島列島《ごとう》。あと、生月島《いきつきじま》。島って、なんか、漠然と憧れるんだよ」

「そうですか、はいはい、それは素敵ですね。キリヤの魔法というのは、簡単に言えば人間から『精神』、意識を剝離《はくり》させるというものでしてね――パラレルワールドと言ったでしょう？『平行世界』。ＳＦ用語ですか？そう、別の可能性ですよ。つまりは運命の可変性を利用した魔法といったところです。その『平行世界』もそれぞれですが……どうやらこの『世界』は、この世に魔法がないという前提の下に成り立っている『世界』のようですね――これはこれでなかなか壮観ではないですか。平和ですしね――あの鬱陶《うっとう》しい『城門』もありませんし。この世界では、魔法使い、りすかさんやツナギさんなんかでも、試してみれば、多分、九州から外にも、出られるんでしょうねえ」

「雲仙普賢岳《うんぜんふげんだけ》も、そりゃ興味はあるよ。火山っていうか、地球そのもののエネルギーって、ものすごいらしいからね。それこそ、核爆弾を超えるくらい――鍵ちゃんは、噴火《ふんか》の起こる仕組みって知っている？」

「知りませんねえ。しかし興味深いので後で調べておくことにしましょう。ただ、ここはあくまで『平行世界』であって『現実世界』ではありませんからねえ――意識は剝離しても、『身体』……肉体は『現実世界』にそのまま残っているんですよ。呼吸もしているし心臓も動いている、生体反応も通常通り。ま、分かり易い言い方をすれば、今、みなさんは夢を見てらっしゃるんですよ。優しい、夢をね」

「そういえば、長崎には中華街もあるんだっけ？　まあ、でも、長崎と言えば、やっぱりオランダ、ポルトガルだよな。うちの母親はカステラが日本のお菓子だと思ってたんだよ」

「それは間抜けですねえ。供犠さんのお母さんってどんな方なんでしょうか。それも興味がありますねえ。まあこの『世界』のお母さんを見てもしょうがないんでしょうけれど。えへへ、夢オチって、ミステリーとかじゃ反則なんですよねえ――でも、本当に夢オチの推理小説があったとすれば、それって読んでみたいと思いませんか？ま、密室のあとは夢オチということで、どうでしょう。スパイスが効いてていいんじゃないでしょうか？　しかし単なるスパイスということではなく、ちゃんとした必然性はあるんですよ、一応。あくまで僕達にとっての必然性ですけれどね。というのも、正直、『六人の魔法使い』の、キリヤと僕を除いた残り一人といえば、これは『偶数屋敷』の結島愛媛《ゆいしまえひめ》なんですけれど、結島は武闘派の魔法使いでしてね――だからまともにやったら、りすかさんとツナギさんに、勝てるわけがないんですよ。あの二人のタッグに勝てる武闘派なんてこの世にだっているわけがない――更にそこに供犠さんまで噛んで、黄金のトライアングルを形成されたりしたら、僕でも勝てませんよ。ならば変則手を使うしかない――しかし、ツナギさんの『分解』を、そのためにはまず、封じておかないといけなかった。同時にりすかさんに、レヴェルアップしてもらったりしてね――えへへ、そこで安心したんでしょう？　安心しちゃったんでしょう？　供犠さん。供犠さん――甘いですよ。言ったでしょう？　僕らは、しつこいんです。それでようやく、僕の特異体質によって『分解』を封じられたツナギさん、急激にレヴェルアップしたことにより疲弊《ひへい》したりすかさん、そして安心しちゃって油断しちゃった供犠さんが揃《そろ》った――黄金のトライアングルが、白銀のトライアングル程度にまで弱まったわけです。そこを――キリヤは狙った。さすがに、精神が剥離し、眠ってしまったあなた達なら……それほどは怖くありません。結島クラスで、簡単に倒すことができる。眠れる獅子《しし》は眠っている内に刺せ――ということです」

「……えっと……鍵ちゃん」

「はい、鍵ちゃんですよ。キリヤの魔法は、その性質上、発動条件が必要以上に厳しくてですね――だから、こうして発動すること自体が珍しいので、僕も詳しいところまではわからないのですが、まあそれは僕の体質の所為《せい》もあるんですけれどね、しかし、確かな解除法は、あるんです。エグい魔法のそのエグさゆえに生じる必然的な隙――とでもいいますかね」

「…………」

「それは、彼自身も、対象者と同じ世界に飛ばなくてはならないということなんです、

――長所と短所の一長一短、ですよねえ。自分だけ安全圏にいることはできない――そういう意味では、本質的には無害な魔法とも言えますが……誰かと、この場合は結島と、タッグを組んでしまえば、ねえ？　二人がかりは卑怯《ひきょう》だなんていいませんよね――そちらは三人なのですから。えへへ、さておき、だから、わかりますか？　供犠さん。つまり、キリヤは、いるんですよ――この『平行世界』に。だから、そのキリヤを倒すことができれば――供犠さん達はこの『世界』から解放されるということなんです」

「…………」

「まあ、正直、無理難題ですけれどね――だって、こんな『世界』であったって、キリヤは魔法を使えるんですから。魔法の存在しない『世界』でなら、武闘派ではない彼程度の魔法でも恐らくは無敵でしょう。それに――そもそも『倒す』と言ったたって、この広い『世界』で――キリヤを見つけることなんて、事実上不可能です。断言できますよ。キリヤは海を渡ることはできないでしょうけれど――それでも、この九州の範囲だけでも、どれだけの隠れ場所があることか。否、隠れようと思う必要すらないでしょう――熊本にでも鹿児島にでも、電車で行けばいいだけなんですから。そして、ただ待てばいい。『現実世界』で――供犠さん達が結島に殺されるのを。そうすれば条件が成立し、キリヤは『現実世界』に帰ることができますからね」

「…………」

「えへへ、可能性を追ってみるのもいいでしょうね――この九州という広く限られた範囲内から、顔も特徴も知らない塔キリヤを見つけ出し、そしてその魔法使いを、十歳の子供の体力で倒してみせるという離れ業を成し遂げる可能性――一兆分の一くらいはあるんじゃないですか？　制限時間さえなければですけれど、ね」

「…………」

「ふう、まあ、こんなところですか。では、お話できて楽しかったですよ、供犠さん。お相手してくださって、ありがとうございました」

「……うん、鍵ちゃん。こちらこそ――楽しかったよ」

何の話を――したんだったか。ぼやけていて、いまいちはっきりしない――雑談なんてそんなものか。いや、たとえ雑談でも、ぼくが、このぼくが、記憶の中に、はっきりしないことがあるだなんて――さっきから、こんなこと、ばっかりで――

「えへへ」

鍵は、にこにことして――自然に立ち上がる。

「ところで、供犠さん。どうして、僕が供犠さんにこんなことを、わざわざ話したかわかりますか？　僕にとって決して得になる話じゃないというのに、こんなことを教えたか、わかりますか？」

「……わかるよ」

「おや。わかるんですか？」

「だって……好きなんだろ？」

「鍵ちゃんは……ゲームが」

「…………」

「……じゃあ、ぼくは……門限があるから……これから……家に、帰らなくちゃならないんだよ……早く帰らないといけないんだよ。えっと、……そうだね、でも、折角だから送っていこうか？　鍵ちゃん」

「ええ、そうですね——いえ、供犠さんに送ってもらう必要はありませんよ。僕は一人で、ちゃんと帰れますから」

水倉鍵は……初めて、多分、最初に会ったとき以来、初めて……ぼくに対して向けているその顔から——笑顔を消した。笑顔の消えた鍵の顔は……そうはいっても、同じ可愛らしい顔のはずなのだけれど……しかしそれは、とんでもなく嫌らしい表情であるように、思えた。

「——とても楽しみにしていますよ、供犠さん」

そして鍵は公園から、全く未練もなさそうに、立ち去る。ぼくはそれをじっくりと見送ってから、それとは反対方向の、きずなの待つ自分の家へと向かった。門限の時間は、とっくの昔に、過ぎてしまっていた。

★　★

「おい、きずなさん」

「何よ」

「この物体はなんだ？」

「カレー」

「それはわかる」

「わかるなら訊くな」

「わからないことを訊いているんだ。勿論わざとやっているんだとは思うからぼくもこんなことをあんまりしつこく訊きたくはないんだが、きずなさんの場合は素《す》でやっている可能性もあるから、確認の意味でもう一度だけ訊いてやる。この物体はなんだ？」

「カレー」

「だから、それはわかる」

「カリー」

「言い方をかえても同じだ」

「何が不満なのよ、あんたは」

「ライスはどこへ行ったって訊いてんだ！」

ぼくは机の上に並べられた、シチュー用の皿に盛られたソースだけのカレー（米飯と見受けられるものはテーブルのどこにも見当たらない）を指さし、キッチンで自分の分の夕飯をよそっている、きずなを怒鳴りつけた。

「カレーなんて、カレーだけで食えるか！　しかも肉も野菜も魚も入っていない！これはただの辛くて茶色い汁だ！」

「食いなさい。小麦粉は入っているわ」

「それがどうした！」

「カレーライスなんていうのは日本の文化よ。そもそも、カレーとは本場のインドでは——」

「そんな豆知識はいらない！」

「門限を破るような」

ふっと俯《うつむ》いて、間を取るきずな。

「悪い子に食べさせるご飯はありません」

「…………」

……なるほど、素でやっていたわけでも冗談でやっていたわけでもなく、お仕置きでやっていたということか……そうなると、後ろめたさがある分、強くは言えない。五分や十分の遅刻だというのならまだしも、超過時間が一時間の大台に乗っているからな……。全く、水倉の妹につかまったせいで、えらく時間を浪費した。まあ、それなりに面白い話もできたし、完全に無駄な時間だったとまでは言わないが。

（……時間?）

（時間……?）

（……時間?）

「本当は食事抜きにしたいところだけれど、頭の回る創貴がそれを当局にチクらないとも限らないからね、妥協案としてそれで手を打ったということよ」

「それが元警官の言うことか……」

ひでえ女だ。

「そのスプーンを使って食べなさい」

「はいはい……」

まあ、仕方ないか……カレーなんかカレーだけで食べても、本当にただただ辛いだけだと思うんだけれど……。きずなも、トレイに載せた自分の分を運んで来、机を挟んで、ぼくの正面に腰掛けた。そして手を合わせて、

「いただきます」

と言った。

「……あれ」

「何よ」

見れば——きずなが自分の前においた皿の中にも……こうしてみる限り、どうやら米飯は混じっていないようだった。

「きずなさん……も、ライス抜きなのか？」

「ったりまえじゃん。連帯責任でしょ。あんたの躾《しつけ》は、あたしの仕事だもん」

「…………」

「創貴だけに辛い思いはさせないぜ！」

茶化した風にそう言って、スプーンで皿のカレーを掬《すく》うきずな。そんなきずなに——謝罪の言葉やそれに類する言葉をここで口にするのは気恥ずかしいし、なんだかおかしな気がしたので……その気持ちだけを精々こめて、

「やれやれだ」

と、ぼくは言った。そして、それを誤魔化すように、急いで、かっ込むように、そのカレーを、きずなと同じようにスプーンで掬って――

（きずな……？）

（……きずな？）

（きずな……？）

（きずな！）

（北口きずな！）

「……あ、あ」

一口、食べて――ぼくは泣いた。

「え……何これ」

一筋、雫《しずく》がこぼれる――なんてものじゃない、それは、滂沱《ぼうだ》の涙だった。涙腺《るいせん》に何らかの深刻な異常が起こったんじゃないかというような、そんな涙だった――体中の水分を根こそぎ搾《しぼ》り取られるような、そんな涙だった。

悲しいのでもなく、嬉しいのでもなく。

ただ──懐かしかった。

「ちょ……待てって。おかしいって、これ」

思考に全く乱れはない、意識にちっとも浮き沈みはない、感情にまるで波は立っていない──他は全てが正常だ。なのに、どうしてだろう──涙だけが止まらない。ぬぐってもぬぐっても、きりがない──流れるというより吐き出されるように、両の瞳から、涙が止まらない。カレーが辛過ぎたからだ、そうに決まっている──きずながいつものドジで、香辛料を入れ過ぎたんだ。どうせ間違えてワサビでも入れたんだろう──ああ。駄目だって──こんなの、駄目だろ。こんな無様《ぶざま》なの──ぼくじゃないだろう。供犠創貴じゃないだろう。供犠創貴は、もっと──こう、ちゃんとしていて……何がしたいって言えば、そう──みんなを、誰もを含んだ、みんなを、幸せに──

(あしなみ)

(ぼくは)


「……もういいんじゃねーの？」

言われた。正面から。きずなに。

「別に、そこまで無理しなくってもさ——どんな世界でもあんたはあんただよ、創貴。あんたはあんたなんだから。無理してまで、『現実』なんかに戻ることはないと思うよ、あたしは」

「……きずな……さん」

涙を隠すように俯けていた顔を起こすと……きずなは、正面から切って捨てるかのように——鋭い眼で、ぼくを見ていた。いつもお調子者の素振《そぶ》りを捨てないで、真面目になるということを知らないこの女が……そんな眼で、ぼくを見ていた。そんな眼をするきずなを見るのはいつ以来だろう……そう、ぼくが道路に飛び出したとき以来じゃないだろうか……道路に、ぼくが、飛び出して——それは一体、いつのことだ？

それは一体いつのことで、ぼくはそのとき、どう思った——

「この『世界』のあんたは、不幸かい？　そんなことないじゃない——あたしもいるし、お父さんもいる。学校には仲のいい友達がいるし、大事に思っている人が、少なからずいる。いいじゃない――それでいいじゃない。そういう『世界』に、どれだけの文句があるって言うの？」

「……………」

きずなは――一体何を言っているんだろう。その意味がぼくには全くわからない。わからないはずだ。だって、わからないことを言われているんだから――本当に、きずなは、何を言っているんだろう。

「戦って、傷ついて、死にそうになって――そんなことに何の意味があるのよ。この『世界』でぬくぬく過ごしてたらいいじゃん。『魔法』なんてロクでもないもんがあったから、『魔法』なんてロクでもないもんにかかわったから、あんた、酷い目にあったり、大事な人を失ったり、し続けたんでしょう？　この『世界』なら――そんなことはないよ。あんたもあんたの周りも――平和で、健康で、幸福だよ」

「……………」

何を言っているんだろう。何を言っているんだろう。何を言っているんだろう。何を言っているんだろう。何を言っているんだろう。何を言っているんだろう。何を言っているんだろう。何を言っているんだろう。何を言っているんだろう。

『みんなを幸せにする』だっけ？　いいじゃん。諦めちゃいなよ、そんな夢なんて。どうせ最初から無理なんだから。無理に決まってるんだから。自分と自分の周囲だけ幸せで、みんながみんなそうだったなら、それでみんなが幸せになるってことなんじゃないの？　それとも、あんた、考えたことがないとでもいうのかな。あんたが言うところの『何の目的もなく何の生産性もなく、ただ生きているだけの連中』が、あんたよりもずっと満たされていて、幸せなんじゃないかっていう疑問――あんたよりそいつらの方がずっといい笑顔を浮かべてるんじゃないかっていう、そんな疑問を――考えたことはないのかな」

何を言っているんだろう。何を言っているんだろう。何を言っているんだろう。何を言っているんだろう。何を言っているんだろう。何を言っているんだろう。何を言っているんだろう。何を言っているんだろう。何を言っているんだろう。何を言っているんだろう。何を言っているんだろう。何を言っているんだろう。何を言っているんだろう。何を言っているんだろう。何を言っているんだろう。

「前に進むのは蛮勇だけれど、諦めるのは勇気だよ。結局、力を求めるあんたのやり方っていうのは、この『世界』でいうところの、核兵器を作った人類の思想と同じことなんじゃない？　やりたいことをやることは蛮勇だけれど、やりたいことをやらないことは勇気なんだよ。否定することも退却することも、地味かもしれないけれど、格好悪いかもしれないけれど、それでもちゃんとした、立派な勇気なんだよ――」

何を言っているんだろう。

「諦めなさい、創貴。そうすればあんたは――この世で一番、幸せになれる」

「……何を言っ、て、い、い、るんだ、い、お母さん」

ぼくは――静かに、言った。

「ぼくは幸せになんかなりたくない——みんなを幸せにしたいだけなんだ」
「…………」
「その道をぼくに示してくれたのは——きずな、あんたじゃないか。一人、迷ってい
た……一人ぼっちで彷徨《さまよ》っていたぼくに、道を示してくれたのは——きずなだったじ
ゃないか」
涙は——いつの間にか、止まっていた。それは、そう——余計なものがなくなった
という、そんな感覚だった。やっと戻ってきた——落ち着いた気分が、随分《ずいぶん》と久し振
りに——戻ってきた。
「ぼくは何も諦めない——ぼくは全てを選ぶんだ。そんなぼくだからこそ——ついて
きてくれた奴らもいるんだから。ぼくはそいつらを、裏切らない」
水倉りすか。繋場いたち。
りすか。ツナギ。
どうしてあの二人を——忘れていたのだろう。りすか……ぼくに可能性の存在を教
えてくれた、最初の少女。ツナギ……将来的には敵に回るかもしれない、けれど、今

は本当に心強い……ぼくの仲間。

「ぼくはぼくだ。ぼくは自分を否定しない——パラレルワールドなんて認めない。ぼくがぼくでない世界なんて、この世に存在していいわけがないんだから」

「……にぃん」

きずなは——悪戯《いたずら》っぽく、笑った。

「もう、手遅れかもしれないよ？」

「手遅れなことなんて——一つもないさ」

「そう？　あっちの世界では、もうあんたは殺されちゃってるかもしれないんだよ？　たとえまだ殺されてなかったとしても、五体満足で身体が残っているだなんて、まさか思ってないでしょう。全身血塗《ちまみ》れで、満身創痍《そうい》で、大切な仲間も全員死んでしまっていて——それでも手遅れじゃないって、ちゃんと言える？」

「言える」

「じゃあ、九州中をこれから駆け回ろうってのヲ？　九州って滅茶苦茶《めちゃくちゃ》広いんだよ？　三万六七三三平方キロメートル。そんなだだっぴろい面積を、この『世界』を設定した魔法使いとやらを探してさ、駆け回ろうっていうの？　なんだっけ……そうそう、『六人の魔法使い』の、一人、塔キリヤ」

「…………」

そう、そうだ——その通り。

「一兆分の一？　いやいや、もっと低いだろうねえ——数学的にはまず零《ゼロ》だろうね。それでもあんたは諦めないってか？」

「諦めない」

「あっそ」

きずなは、自分の前の、カレーだけが入った皿を、そっと手に取った。

「ところで、言ったっけ？　あたしが魔法使いだって」

「……言われて——ない」

と、思う。いや、言われたのか……。まだ、はっきりとはしない。言われたのかもしれないし、言われてないのかもしれない。しかし——きずなが魔法使いだって？　ぼくの四番目の母親が？　だとするなら、それは、どんな——

「属性《パターン》は『獣《けもの》』、種類《カテゴリ》は『知覚』——分かりやすく言えば予知能力よん。分かりにくく言えば未来視かな？　にっはっはー、既視感なんてあたしにしてみりゃ日常茶飯事ってわけよ」

だから、ときずなは言った。

「こんなことができる」

手にしていた皿を、きずなは、あさっての方向へ向けて、力強く放り投げた——そのまま壁に衝突してしまうと思われたその皿は、そしてその中身のカレーは――

見も知らぬ男の、顔面に、炸裂した。

「ぎ……ぎゃああああああああああああっ！」

悲鳴――そしてその場で転げまわる、見も知らぬ男。ぼくは思わず席を立つ――な
んなんだ、この現象――さっきまでこのダイニングには、ぼくときみしか
いなかったはず……いつ、どこからこの部屋に入ってきたんだ――いや、しかし――
そういう問題じゃない！　どうしてこいつ――登場していきなり、こんな悲惨な目に
遭ってるんだ。

「ぎ、ぎぃやああ――」見も知らぬ男の悲鳴は続く。「な、なんだ――ひ、ひいい！
ど、どうして俺が、こんなところに――こんなところにいて、こんな目に遭ってんだ
あああ！　わけがわからねえ！　さ、佐賀になんて、近付いてもいなかったはずな
のに！　い――いいい――いいいいいいいい！」

意味不明の台詞が、悲鳴に混じった。どうして――だと？　わけがわからない――
だと？　じゃあ、こいつ……隠れて、潜んでいたわけじゃない――のか？

「これがあたしの、予知能力の応用版――」

転げまわる見も知らぬ男の――そのカレーまみれの顔面を、いつの間にか席を立っていたきずなが、強く、踏みつけた。

「あたしが予知したことは現実になる。つまり、あたしがそこにいると思った人間はそこにいなければならないし、あたしが起こると思った現象は絶対に起きなければならない。あたしがこの『世界』を作っている魔法使いがそこにいると思ったらそこにいるんだし――あたしが投げたカレーがそいつに炸裂すると思えばそれは絶対に炸裂するんだよ」

きずなは――見も知らぬ男、いや、今となってはもう名乗りを待つまでもなく、これは確実と言うしかないだろう――塔キリヤの顔面を、踏みつけた足でそのままに、蹴《け》り飛ばした。みっともなく壁にぶつかる、塔キリヤ。

「かっかっか。どうよ、供犠きずなさん特製の、ワサビ入りカレーのお味の具合は。目が痛くって死にそうだろう。かかかか」

勝ち誇るように、高らかに笑うきずな……っておい、本当にワサビが入ってたのかよ。

「ぐ、ぐう――そんな、そんなの」

かろうじて――言葉を紡《つむ》ぐ塔キリヤ。

「そ、そんなの予知能力じゃない！」

「なんだとこの野郎！　本人がそうだと言ってんだぞ！　疑うなんて失礼じゃないの！　右腕折れろ！」

ぱきん——と、塔キリヤの方から、軽い、空々《そらぞら》しい音がした。考えるまでもなく……塔キリヤの右腕が折れたのだろう。……こいつと意見が合うのは癪なことこの上ないが、ぼくもそれは予知能力じゃないと思うが、しかし……余計なことを言う必要は、なさそうだな……。

「う……うがぁあああ！　なんでどうして！　この『世界』で魔法を使えるのは俺だけのはずなのに！」

しかし、さすがは『六人の魔法使い』の一人と言うべきなのか、それともただの悪《わる》足掻《あが》きと見るべきなのか、どうなのだろうか——塔キリヤは、折れた右腕にめげず立ち上がり——廊下へと続く扉へ向かって、走り出した。

「あっ……、待て、逃がすかっ！」

そう駆け出そうとしたぼくを——きずなが止めた。ぼくの肩に、ぽんと、軽く手を置くことで。てっきり、つまりはきずなが、塔キリヤが逃げ出すことのできないだけの『予知』を、既にしたのだろうと思った——だがしかし、塔キリヤは、扉を開けて、その向こうへと消えていってしまった。

「……どういうことだ？」

「うん」

「なんだよ」

「予知が外れた」

「は？」

「的中率、六十パーセントだから」

「…………」

「それも、言ってなかったっけ？　ずっと連続して当て続けるのは無理だよ。三回に一回外れるのが当たり前の計算なのさ」

「…………」

どうすんだよ！　何を格好つけてんだよ！　だったら右腕とか折ってる場合じゃないだろう！　と、ぼくらしくもなく、全身全霊を込めて突っ込みを入れそうになってしまったが――そんなぼくを、今度は唇の前に指を示すことで、制するきずな。

「大丈夫だよ。先に聞こえたから」

「聞こえたって――何が」

「玄関が開く音」

「…………？」

一瞬わからなかったその意味を――ぼくはすぐに察する。玄関の開く音。この家の玄関の鍵を持っているのは三人だけ……ぼくと、きずな、そうしてもう一人は、言うまでもなく——

「ただいま、お前達」

供犠創嗣の——ご帰宅だった。

「……創嗣——さん」

ぼくの……父親。白い服、とにかく白い服——全身真っ白な、背広姿。徹底的に徹底した、文句のつけようのない白。ネクタイだけがほのかに赤い。鋭いどころか尖った眼で、彼は、ぼくときずなをかわりばんこに見て——それから、片手に、胸倉をつかむような形で荷物のように持っていた塔キリヤを……見た。

「ん、ああ、そうか。つまりこいつは誰かの夢ってことか——つまらねえな。面白い。なんか調子が悪いと思ったぜ。面白い。つまらねえ。察するに——お前達のどっちかなのか。しかしこの場合、嫁さんってことはねえんだろうな——じゃあ息子か。はん、小物だなあ、お前は」

いきなり登場して、いきなり全ての事情を把握して、いきなりぼくを罵倒《ばとう》する——いつも通りの供犠創嗣だった。

「……どうも、創嗣さん」

「挨拶がいつもダセえんだよ、お前は。たまには俺を驚かせるような変なことを言ってみやがれ。受けてやっからよ」

塔キリヤは——気絶こそしていないようだが、呼吸するのも苦しそうに——喘《あえ》いでいた。ただ単に胸倉をつかまれているだけだというのに、完全に——全身が極《き》まっているらしい。

「おかえりなさい」

きずなが言った。

「おう」

ぶっきらぼうに、供犠創嗣は頷く。それだけだった。

「うまそうな匂いだな——カレーか。甘いんだろうな。俺は辛いカレーなんて認めねえぞ。おい息子」

ぼくに呼びかける父親。

「これはお前の夢ってことでいいんだな?」

「……はい、そうです」

「そうか——ったく、なるほどな。じゃあ、いっちょ、試してみるか……おい、嫁さん」

「何よ」

きずなは既に、いつの間にか、椅子に座っていた。最早、自分がすべきことなんて、この場においてはもうないと言わんばかりに。

「こいつは」

塔キリヤを少し持ち上げる。

「悪い奴だな？」

「うん」

即答するきずな。

「あたし達の子供を苛めた——悪い奴」

「あっそ」

何の気なしにそう答え、供犠創嗣は——塔キリヤを、壁におしつけるようにして——そして、塔キリヤの胸倉をつかんでいるのとは反対側の手を振りかぶって——

塔キリヤの顔面を殴りつけた。

耳を劈《つんざ》き、空気を切り裂くような轟音がしたかと思うと、それからほんの一瞬で——塔キリヤは消し飛んだ。いや、彼だけではない——彼と、彼の背後にあった全てという全てが、完膚《かんぷ》なきまでに消し飛んだ。壁も、庭も、隣家も、道も、街も、都市も、陸も、海も、何もかも――ぶっ飛んだ。話の流れからすれば、原子爆弾とか核兵器とか、そんなものを比較対象としてここで列挙するのが、いわゆる修辞、レトリックってものなのだろうが、しかしそんな小賢しい行為がまるで虚しくなるほどの……圧倒的にして爆縮的な衝撃で、供犠創嗣は――拳《こぶし》一つで、地球の半分ほどを、容赦《ようしゃ》もへったくれも何もないほど、もろに削り取ってしまった。そして、その被害のほんの一部分、その被害のたったの一要素として――『六人の魔法使い』、『白き暗黒の埋没』――塔キリヤも、削り取られてしまった。彼の作った、彼のフィールドであるこの『世界』から――塔キリヤは、剥離させられて、しまった。

「なんだよ……、この程度なのかよ。大したことねーな」

しかし彼は――そんな情景を、至極くだらなさそうに眺めてから、そう言った。そして再びぼくを向いて、不満げに続ける。

「案外貧困なんだな、てめえの想像力」

「……申し訳ありません」

「もういいよ。俺はカレー食ったらまたすぐ出掛けっから――てめえはさっさと消えな。どうせ急いでんだろう？　せこせこ働け、クソガキ。ああ面白い。つまらねえ」

鬱陶しそうに頭をかいて――まるで何事もなかったかのように、廊下へと出て行った。それこそ――ただの日常茶飯事を繰り広げただけだと言うように。辛いカレーを食べる方がよっぽど面倒臭いと言うように。

「…………」

なんて男だ……たった三十秒ほどの出番で、全てを持っていってしまった……あれがぼくの父親なのか――あれがぼくの、超えるべき……超えなくてはならない対象だなんて……、どうしようもなく、震えるじゃないか。あれに較べたら――幸せなんてどうでもいいとすら、思えてしまう。本当に、心底、震える……震えてしまう。ぼくがいずれ、ああいう地点に到達したときのことを想像すれば震えずにはいられない。そしていつか――彼に、ぼくの背中を、見せる日のことを思うと、更に。

「さ、創貴」

半壊した家の中――不思議なことに、こちら側半分もまた、本来なら反動でそれない、りになっているはずだというのにもかかわらず、全く無事のままだったが、それは夢独特のご都合主義か――剝《は》がれかかった床の上に、またもいつの間にか、きずなが、正座していた。そしてきずなは、自分の太ももをぽんぽんと叩く。

「こっちにいらっしゃいな。もうあんまり、時間がないよ。向こうのことまであたしは手伝ってあげられないんだからね」

「……きずな。ぼくは――」

「何よ。真面目な顔しちゃって、格好いい」

「ぼくは――あんたのことを」

「…………」

「ぼくは、ぼくは……ぼくは！」

あなたのことを、ぼくはきっと――とても大切なことなのに、絶対に失ってはならないはずのことなのに、それなのにぼくは――

「いいんだよ」

きずなは――遮《さえぎ》るように、言った。

「忘れても、思い出せばいいだけなんだから」

「…………」

そう――その通りだ。その通りなんだ。だから、ぼくは、ぼくは――ぼくは、供犠きずなのことを……折口きずなのことを、絶対に……。

「それより、早くいらっしゃいって。時間がないって言ってるでしょうが。あんたにとっちゃ、時間なんてのは酷く些細《ささい》な問題じゃ、ないんでしょう？」

そう言って、再度、自分の太ももを、急かすように叩くきずなだった。待ち構えているかのように、とにかく太ももを主張する。

「……てめえ、何を企《たくら》んでいる」

「夢から覚めるために、膝まくら」

「…………」

「急げよー」

「…………」

恐らくはとてもシリアスな別れのシーンだというのに、苦笑いに似た何かが、ぼくの顔面に張りついたまま離れなくって——けれど勿論、そんな彼女の、予知であるはずのその言葉に、逆らえるわけがないのは当然至極、当たり前のことで、当たり前のことだから、そして、ぼくは——、このぼく、供犠創貴は——

★　★

——眼を覚ます。眼を覚ました瞬間——身体中を激しい痛みが襲う。いや、痛みなんていう生易《なまやさ》しいものではない——痛過ぎて、あまりにも痛過ぎて、もう単純に、全身という全身を柔らかくくすぐられているかのような感覚だった。背中が何かに触れている。一瞬、仰向けに寝ているのかと思ったが——違った。ぼくは壁に張り付いていた。磔《はりつけ》られていた。足の、踵《かかと》も爪先も、床から浮いている。そんな屈辱《くつじょく》的な姿勢だった。呻き声が出そうになったが——呻き声が出ない。ただ、腹部が熱く、疼《うず》いただけだ。見れば――ぼくの腹筋を通すように、どころか背骨すら貫通して、巨大な黒い杭が壁にまで突き刺さっていた。全ての内臓を押し潰さんばかりの、太い杭。勿論、それだけで壁に磔になることなどできるわけもない――両腕両脚もまた、黒い杭で固定されていた。さすがに腹部をえぐる杭ほどに太いそれではないが――右腕に五本、左腕に四本、右脚に七本、左脚に六本……どんな昆虫標本だってここまではしないというくらいに、ぼくは、身体中あますところなく、串刺しだった。全ての杭が焼けるように熱い――否、実際に、全ての杭が焼けている。黒く、黒々と焼けている。だから、それが結果として血止めの効果を果たしているのだ……肉も血も骨も、焼けてしまっているのだ。うつろな眼で――ぼんやりと正面を見る。とりあえず、その姿勢から見える範囲を、全て視界に収める。そこは……、そう、見覚えのあるホテルの部屋だった。博多市のホテル――キャンドルシティ博多内にある、二軒のホテルの内、値段の高い方……その一室。『六人の魔法使い』の三人目である『泥の底』、蠅村召香との静かな無音の、密室バトルが繰り広げられた、ぼく達の部屋……。その床に、ぼくと同じように黒い杭で、ぼくよりももっと酷く、ぼくよりももっと徹底的に、全身を合計三十七本の杭で縫《ぬ》いつけられている少女がいた――繋場いたちこと、ツナギだった。『魔法の王国』長崎県と佐賀県との県境を遮る、天を突く『城門』を製作した、その名も城門管理委員会の設立者にして、たった一人の特選部隊。そしてその反対側……、窓際、カーテンに触れそうなところに――うつ伏せに倒れた少女が一人。杭で縫いつけにされてこそいないが、その骨格、シルエットが明らかにおかしい……恐らく身体中の骨を、外され、折られ、砕かれ、滅茶苦茶にされているのだ――何故なら彼女には、一滴の血液すら流させてはならないのだから――赤い服に赤い髪、うつ伏せであろうと見間違うわけもない。ぼくが彼女を見間違うわけもない。その少女の名は水倉りすか。『赤き時の魔女』――水倉神檎の一人娘。ツナギとりすか……二人の少女は、二人とも、生きているのか死んでいるのか、この角度からではわからない――いや、普通に考えれば、まず間違いなく死んでいるだろう。死んでしまっているだろう。たとえ生きていたとしても、瀕死《ひんし》の状態であることは疑いようもない。そして――そんな二人の少女の真ん中を故意に選んだかのように、ダブルベッドの上に、一人は直立の姿勢で、一人は体育座りの姿勢で――更に、二人の影があった。直立している方はともかく、体育座りの方には、見覚えがあった……おかっぱ頭の小さな子供。知っている、この少女は――否、この少年は『六人の魔法使い』の最後の一人――水倉鍵だ。とすると、もう一人、直立している方は……目がかすんでもうよく見えないが、しかし、それならばもう一人は、同じく『六人の魔法使い』の五人目……『偶数屋敷』、武闘派だという、結島愛媛なのだろう。この杭が……あいつの魔法なのだろうか？　ひりひりする――焼けるように、ひりひりする。結島愛媛の黒い杭のせいじゃない……焼けるように熱いのは、身体じゃなくて心だ。そうだ——これだ。これこそが現実。これこそ、これこそが、ぼく——嘘偽りない、完璧な供犠創貴……この状況、この苦境、逆境こそが、現実世界——

「……おや、供犠さん」

水倉鍵が自然に言った。

「おはようございます。いい朝ですね」

そんな台詞を……水倉鍵のそんな台詞を、ぼくは、とりあえずは、黙殺する。今は……今はそんなことより、とても大事なことがあった——他の全ては、後回しで、二の次だ。ほんの一瞬だけ、貴様の無礼を許してやろう。そう、ぼくにはやらなくてはならないことがあった……それを改めて、思い出せた。たとえ平行世界の嘘偽りであっても——うたかたの夢であったとしても、あの人と接せたことを、素直に嬉しいと思う。仮初《かりそ》めであっても、本当はなかったことだったとしても、嬉しかったと思う。

だからこそ、ぼくは呟く。

ただいま、お前達。

《Air Castle》is Q.E.D.

本書は二〇〇七年三月、小社より講談社ノベルスとして刊行されました。

|著者|西尾維新　1981年生まれ。2002年に『クビキリサイクル』で第23回メフィスト賞を受賞し、デビュー。同作に始まる「戯言シリーズ」、初のアニメ化作品となった『化物語』に始まる〈物語〉シリーズ、「美少年シリーズ」など、著書多数。

新本格《しんほんかく》魔《ま》法少女《ほうしようじよ》りすか3

西尾維新《にしおいしん》

2020年12月15日第1刷発行

講談社文庫

定価はカバーに表示してあります

発行者――渡瀬昌彦
発行所――株式会社　講談社
東京都文京区音羽2-12-21　〒112-8001
電話　出版（03）5395-3510
　　　販売（03）5395-5817
　　　業務（03）5395-3615

Printed in Japan

デザイン―菊地信義
本文データ制作―講談社デジタル製作
印刷―――株式会社廣済堂
製本―――株式会社国宝社

ISBN978-4-06-521643-9

講談社文庫刊行の辞

二十一世紀の到来を目睫に望みながら、われわれはいま、人類史上かつて例を見ない巨大な転換期をむかえようとしている。

世界も、日本も、激動の予兆に対する期待とおののきを内に蔵して、未知の時代に歩み入ろうとしている。このときにあたり、創業の人野間清治の「ナショナル・エデュケイター」への志を現代に甦らせようと意図して、われわれはここに古今の文芸作品はいうまでもなく、ひろく人文・社会・自然の諸科学から東西の名著を網羅する、新しい綜合文庫の発刊を決意した。

激動の転換期はまた断絶の時代である。われわれは戦後二十五年間の出版文化のありかたへの深い反省をこめて、この断絶の時代にあえて人間的な持続を求めようとする。いたずらに浮薄な商業主義のあだ花を追い求めることなく、長期にわたって良書に生命をあたえようとつとめるところにしか、今後の出版文化の真の繁栄はあり得ないと信じるからである。

同時にわれわれはこの綜合文庫の刊行を通じて、人文・社会・自然の諸科学が、結局人間の学にほかならないことを立証しようと願っている。かつて知識とは、「汝自身を知る」ことにつきていた。現代社会の瑣末な情報の氾濫のなかから、力強い知識の源泉を掘り起し、技術文明のただなかに、生きた人間の姿を復活させること。それこそわれわれの切なる希求である。

われわれは権威に盲従せず、俗流に媚びることなく、渾然一体となって日本の「草の根」をかたちづくる若く新しい世代の人々に、心をこめてこの新しい綜合文庫をおくり届けたい。それは知識の泉であるとともに感受性のふるさとであり、もっとも有機的に組織され、社会に開かれた万人のための大学をめざしている。大方の支援と協力を衷心より切望してやまない。

一九七一年七月

野間省一

講談社文庫 最新刊

西尾維新　新本格魔法少女りすか3
魔法少女りすかと相棒の創貴《きずたか》は、全身に『口』を持つ元人間・ツナギと戦いの旅に出る！

赤川次郎　キネマの天使〈レンズの奥の殺人者〉
舞台は映画撮影現場。佳境な時にスタントマンが殺されて!? 待望の新シリーズ開幕！

森博嗣　ツベルクリンムーチョ〈The cream of the notes 9〉
森博嗣は、ソーシャル・ディスタンスの達人だ。深くて面白い書下ろしエッセイ100。

赤神諒　酔象の流儀　朝倉盛衰記
傾き始めた名門朝倉家を、織田勢から一人で守ろうとした忠将がいた。泣ける歴史小説。

田中啓文　件《くだん》〈もの言う牛〉
予言獣・件の復活を目論む新興宗教「みさき教」の封印された過去。書下ろし伝奇ホラー。

吉川英梨　月《げっ》下《か》蠟《ろう》人《じん》〈新東京水上警察〉
巨大クレーンに吊り下げられていた死体入り蠟人《ろうにん》形《ぎょう》。その体には捜査を混乱させる不可解な痕跡が!?

加賀乙彦　殉教者
聖地エルサレムを訪れた初の日本人・ペトロ岐部《きべ》カスイの信仰と生涯を描く、傑作長編！

横尾忠則　言葉を離れる
観念よりも肉体的刺激を信じてきた画家が伝える「魂の声」。講談社エッセイ賞受賞作。

荒崎一海　一色町雪花〈九頭竜覚山　浮世綴⑤〉
師走の朝、一面の雪。河岸《かし》で一色小町と評判の娘が冷たくなっていた。江戸情緒事件簿。

黒木渚　本性
孤高のミュージシャンにして小説家、黒木ワールド全開の短編集！　震えろ、この才能に。

講談社文庫 最新刊

上田秀人 乱麻〈百万石の留守居役(十六)〉
加賀の宿老・本多政長は、数馬に留守居役らの前例の弊害を説くが。〈文庫書下ろし〉

池井戸潤 花咲舞が黙ってない〈新装増補版〉
花咲舞の新たな敵は半沢直樹!? 不正は絶対許さない――正義の〝狂咲《くるいざき》〟が組織の闇に挑む!

いとうせいこう 「国境なき医師団」を見に行く
大地震後のハイチ、ギリシャ難民キャンプなど、厳しい現実と向き合う仲間をリポート。

清武英利 トッカイ〈不良債権特別回収部〉
「しんがり」「石つぶて」に続く、著者渾身作。借金王が隠した6兆円の回収に奮戦する社員たちの記録。

神楽坂淳 うちの旦那が甘ちゃんで 9
金持ちや芸者を乗せた贅沢な船を襲う盗賊を捕らえるため、沙耶が芸者チームを結成!

斉藤詠一 到達不能極
南極。極寒の地に閉ざされた過去の悲劇が、現代に蘇る! 第64回江戸川乱歩賞受賞作。

佐々木裕一 姫のため息〈公家武者信平《のぶひら》ことはじめ(二)〉
公家から武家に、唯一無二の成り上がり! 紀州に住まう妻のため、信平の秘剣が唸《うな》る!

創刊50周年新装版

綾辻行人 緋色の囁き〈新装改訂版〉
全寮制の名門女子校で起こる美しくも残酷な連続殺人劇。「囁き」シリーズ第一弾。

小川洋子 密やかな結晶〈新装版〉
全米図書賞翻訳部門、英国ブッカー国際賞最終候補。世界から認められた、不朽の名作!

清水義範 国語入試問題必勝法〈新装版〉
国語が苦手な受験生に家庭教師が伝授する解答術は意表を突く秘技。笑える問題小説集。

中島らも 今夜、すべてのバーで〈新装版〉
なぜ人は酒を飲むのか。依存症の入院病棟を舞台に、生きる困難を問うロングセラー。

講談社文芸文庫

塚本邦雄
新古今の惑星群
解説・年譜＝島内景二
万葉から新古今へと詩歌理念を引き戻し、日本文化再建を目指した『藤原俊成・藤原良経』。新字新仮名の同書を正字正仮名に戻し改題、新たな生を吹き返した名著。
つE12
978-4-06-521926-3

塚本邦雄
茂吉秀歌『赤光』百首
解説＝島内景二
近代短歌の巨星・斎藤茂吉の第一歌集『赤光』より百首を精選。アララギ派とは一線を画して蛮勇をふるい、歌本来の魅力を縦横に論じた前衛歌人・批評家の真骨頂。
つE11
978-4-06-517874-4

西尾維新
NISIOISIN
Illustration　くろのくろ

講談社文庫　目録

講談社文庫　目録

講談社文庫　目録

2020年9月15日現在